皮包和烟斗

王任叔　著

泰山出版社·济南·

图书在版编目（CIP）数据

皮包和烟斗 / 王任叔著. –– 济南：泰山出版社，2024.6
（中国近现代名家短篇小说精选）
ISBN 978-7-5519-0840-5

Ⅰ.①皮…　Ⅱ.①王…　Ⅲ.①短篇小说–小说集–中
国–现代　Ⅳ.①I246.7

中国国家版本馆CIP数据核字（2024）第105835号

PIBAO HE YANDOU

皮包和烟斗

责任编辑	徐甲第
装帧设计	路渊源

出版发行	泰山出版社
社　　址	济南市泺源大街2号　邮编　250014
电　　话	综 合 部（0531）82023579　82022566
	出版业务部（0531）82025510　82020455
网　　址	www.tscbs.com
电子信箱	tscbs@sohu.com
印　　刷	山东通达印刷有限公司
成品尺寸	140 mm × 210 mm　32开
印　　张	6.25
字　　数	130千字
版　　次	2024年6月第1版
印　　次	2024年6月第1次印刷
标准书号	ISBN 978-7-5519-0840-5
定　　价	32.00元

凡　例

一、本书收录了作者的经典短篇小说，主要展现了作者的思想情感、审美取向与价值观念，以及当时的时代风貌等。

二、将作品改为简体横排，以适应当代的阅读习惯。原文存在标点不明、段落不分等不便于阅读之处，编者酌情予以调整。

三、作品尽量依照原作，以保持原作风格及其时代韵味，同时根据需要，对原文进行了适当的删减和订正。

四、对有些当时惯用的文字，如"的""地""得""作""做""哪""那""化钱""记帐"等，仍多遵照旧用。

目 录

前记

编定了五六年来所作的短篇，题名曰：《皮包和烟斗》。取古诗以首句名题例，非敢以此为代表作，特表而出之也。所作类多寄一时感慨，时过境迁，本可将此种作品，永远埋没不闻，而犹辑集以付印者，承好友之督促，聊以凑热闹而已。故这一集子里根本没有代表作。

抗战以还，这世上要求我的笔向别一方面努力，这是我的悲喜剧！许多青年朋友，或有以为我是研究社会科学的，或有以为我是研究哲学的，但很少人知我爱的却是文学。然而，我之对于文学没有成就，于此可见。这就叫我搁笔了。虽有不少题材，却终于不敢执笔。两年半中间，偶有所作者仅《大炮主义者》《为人在世》《白鹭》与《惊梦》等。然皆在各杂志编者催逼之下写出，所费时间，每篇仅半天或一个夜晚，粗率可知。

《皮包和烟斗》一篇，写于南京。时正唱"归去来兮，田园将芜"，而决计"退隐"于"笔耕"。拟发表于

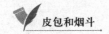

《文学》上，却被那时的检查老爷抽去，积压于书箱底者计三年。而又幸免于战梦，又复积压于书箱底者二年有半，今重新取出，如释狱囚，检点其全身上下，似少犯罪证据，然而我们的检查老爷却"过河"去了。我以是爱它，然而怜它太过孱弱！

除上述各篇外，大都写定于不抗战的时候。不抗战而要求抗战更急。这要求也成为我的"有色眼镜"，我是如是看，而且如是说了。如以为此中所发感慨，至今尚能触痛谁某，那该不是我的过错。过去的疮毒是应该治好了，若犹让它溃烂下去，那是不能造福于抗战建国的。

丑恶的灵魂的扬弃，不是一件容易的事。文艺家所努力的事，有时不免为"理论家"所皱眉。但过后也许会得原谅，而且欣然赞美了。因为文艺家须看得更远，也更深，歉仄的是，我不能做到这点。我仿佛在这里建立我浅薄的理论。

《监房手记》有暇我还想续作。在那里是太多可爱的人物了。在那里的生活，也叫我太可感动了。附在这里，恐残稿失落耳。人事仓卒，不可究诘，我是否有暇续写呢，还是徒留心愿？

　　　　　　　　　　　一九四〇年一月十八日，巴人记

皮包和烟斗

吃过了早餐，黄剑影先生就把皮包挟在胁下，一边慢慢儿装着烟斗，点着，衔上；于是斜欹身子在藤椅上，细着眼睛看报。

这习惯，黄剑影先生是十余年来如一日。

黄剑影先生和皮包、烟斗，这已成了三位一体。天地之间，有了黄剑影先生，就少不了皮包和烟斗；有烟斗和皮包出现之处，错不了总是我们黄剑影先生。十多年前，这小小的商埠里各条泥泞而又灰暗的街道上，就算黄剑影先生底皮包顶发亮，就算黄剑影底先生烟斗最别致。你要是个黄鱼小贩，站在江桥上，整天价对着蚂蚁一般爬过江桥的人们叫卖，你只要听到"叮当"地两声包车铃声，就立刻会停下叫喊来。顺眼看去，你准会瞧到一枝烟斗，横在一张清瘦净白的脸上，燿着火，喷着烟，像一支小火轮烟囱。接着你还可瞧到一只又黑又

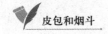

大的皮包，横搁在膝头上，它那上锁的地方一块铜，白银似的擦得雪亮雪亮，准叫你连眼也开不开来。可是正当你眼睛给这白铜耀得张不开来的时候，那包车就打人之丛中，杀开一条血路，飞快地掠过你面前而去了。那你就知道这一个瘦长身子白削脸儿的先生。你不知道他名字，就叫他"皮包和烟斗"吧。然而，我们黄剑影先生在这小小的中古式商埠里，却是顶顶闻名的。你像这样会见过他三次，准会有人跟你轻轻咬着耳朵说："这是本地一个大绅士，黄剑影先生。"你记着，记着，可是你第四次会见他时，依然会不敢提起他的真姓名，你还是在心里暗暗自讼："唔！皮包和烟斗又来了。"到现在，这皮包和烟斗虽然破旧了些，然而我们黄剑影先生在社会上的地位，却反而增高了皮包和烟斗的价值。人们将会说："你别看黄先生那皮包和烟斗有点儿破旧，那是美国威尔逊总统用过来的。黄先生的表叔是威尔逊总统的学生，出席华盛顿会议时，议论风生，威尔逊总统就赏他自己用过的这付烟斗和皮包，也算是中国人传衣钵的意思。而黄先生呢，不特诗词歌赋一手都来得，还写得一手纯白的白话小说，讲得满口全新的西洋新名词，真所谓学贯古今中外，名闻南北东西。自然给自家表叔看中了，才送他这付衣钵的咯。"这么着，黄剑影先生的社会地位，却又因皮包和烟斗增高了。所以我说，黄剑影先生和皮包烟斗，已成了三位一体了。

跟皮包和烟斗结成三位一体的黄剑影先生，看完了报，眉头便如春阳初霁似的展开。今天的做事程序，又暗暗地在肚里打算定了。于是站了起来，丢开报，对着穿衣镜照一照脸，掠了几下头发，整一整衣，觉得已很体面啦！于是，掀开帘子，挟着皮包，翘着烟斗，踱到大门口。

大门口等了老半晌的包车夫，挺恭顺地拉着车子迎上来。放下车，用红绿条子的布掸子，往车座上掸了掸，站过一边装作"请"的姿势，弯了弯腰。于是，黄剑影先生昂然地，两脚像跳低栏那么地踏上车，一屁股坐了下去。

拉起车，包车夫回过头来，意思之间，在问黄剑影先生上哪儿去。

"大新旅馆！"

黄剑影先生发气似的说。毕竟包车夫是蠢笨不过的家伙，连黄先生要上大新旅馆去可还不知道。但包车夫恐怕自家听左，还是回过头来招呼道：

"江北岸大新旅馆？"

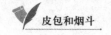

"大新旅馆就是大新旅馆！"

这回黄剑影先生真的发气了，左脚就在车踏上蹬了一下。包车夫连忙："唔！唔！"这样地应了声，拉着车，飞跑着去。

包车夫虽然也是十个月养的，可没黄剑影先生那样一份聪明。包车夫只知道黄先生老上县政府、县党部、大江日报馆、裘公馆、海关衙门……这几个去处，可没想到会要上旅馆。上旅馆去，要见什么人？接亲戚，看朋友，还是瞧粉头子去？包车夫可料不准。包车夫料不准，黄剑影先生却自有他的打算。今天报纸上是用大号字这样登着"社会学博士孟一柯先生来甬讲学，题为'中国民众运动发展史'。现住江北岸大新旅馆，将于今日下午二时，在甬江中学开讲"云云。黄剑影先生现在就想去会孟博士，一者是瞻仰风采，表示欢迎。因为凡是要人过境，黄先生总得自己委派自己为民众代表的。二者是想向孟博士贡献些中国民众运动史料，尤其是关于宁波这一部分。

一说起民众运动，黄剑影先生昨天还是民众运动过来的。昨天是三月八日，国际妇女纪念节。县党部少不得给开个纪念会，黄剑影先生少不得也去演讲了一番。

黄剑影先生在这小商埠里，本来是无会不到，无到不讲，更何况这堂堂国际妇女纪念节。但昨天黄剑影先生底演讲，毫无疑义地是成功的。黄先生紧记得，自家顶扼要的话，是以下这几句：

"妇女节，是我们女同胞要求经济平等，要求地位平等，从几万年来男子底强权主义底压迫下，解放出来的一个可纪念的日子。从经济平等这一意义上讲，我们女同胞必须从家庭的狭笼里打出来……使自己经济独立起来。……从地位平等这一意义上讲，我们女同胞不特要禁止男子纳妾宿娼，而且要实行自由恋爱，恋爱自由。……总之所谓妇女解放运动，首先要把女子和男子对等起来。比如男子可以抽烟，女子也未尝不可以抽烟。男子可以剪去辫子，女子也未尝不可以剪去辫子和发髻。现在我们女同胞总称初步成功了，烟也抽了，发也剪了，而恋爱也有些自由了！……凡关于这些，我们在今天必须提起，互相庆贺的。不过鄙人是讲究旧学的，对于说文一道，颇有心得。鄙人以为妇女节的妇字，实在有些不妥。因为妇字，是一个女人持帚扫地的意思，也就是《礼记·正则编》'男以治外，女以治内'的意思。那么以一个解放的纪念日，犹名之曰妇女

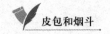
节，这岂不是我们女同胞早已承认自己仅能做一个家庭妇女了吗？鄙意以为：我们今天要通电全国，把妇女节改为女人节。借以附合man与woman对称之义，敬请公决……"

黄先生这么一说，果然掌声雷动，大喊："通电通电。"妇女协会会长庄素吾女士，还过来和他握手，险些儿错把她那金戒指，套在他的食指上哩。

黄剑影先生一想起这，心头有点儿油油然，因之摆一摆屁股，踏几下车铃，丁哈当啷地催行人让路，车子飞快地驰往江桥去了。

转了一个湾，是半边街。半边街是一条鱼行骈列的街道。街道循江砌着，街屋迎着江风，腥臭，泥泞，混乱，杂踏，太阳晒不干的埠头，海风吹烂了的渔船，"啊——三十元算啦！黄鱼——六十斤——啊！四十元算啦——海鲫——三十斤——啊——……"永远嚼不断的行里秤主人底叫唤声，以及黄包车夫底手铃打着车杠声……表现出一种特殊的风格：龌龊、算盘、叫卖声三位一体的风格。然而，我们黄剑影先生却不然。黄剑影先生是个名士，是个才子，虽然车夫抄近路，拉过半边街，车子不免沾些泥污，但车座上的黄剑影先生，却是一朵涅而不缁的白莲。

车子又拉过了一条江桥，那是新江桥，到了江北岸，再转个把湾，大新旅馆三个颜体大字就映入黄剑影先生眼中了。黄剑影先生下了车，挟住皮包，向大门直冲而入。看一看旅客名牌在第二十三号上，找到孟一柯博士的名字。从皮包里拿出一张名片，交把茶房拿去。

"会孟一柯博士。"

黄剑影先生漫然地说着，烟斗更翘得高些。

"是。"

一个方脸浓眉的茶房，机警地应了听，接过名片，就去敲第二十三号的门。

孟一柯博士接过了名片来看：吃了一个惊。便顺口念道：

曾任十人团团长大江日报副刊主笔甬江中
学代理校长革命先遣队政治部主任长丰米
厂老板兼经理清心女子中学训育主任先锋
报社长国术馆馆主现任江海关参事

黄剑影　祖亚

浙江宁波

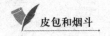

念罢，回头跟身边一位女士说：

"兰芬！你可认得他，这是个什么家伙？"

"啊！是他吗？"那女士吃惊地叫出，"是我爸的……"接着她咬着孟一柯博士的耳朵，说了些听不清的话，悄悄地回到衣架旁，取下春大衣来。

"好的，叫黄先生等一等。"一面孟一柯博士把茶房回了，回身拉着那女士的手，说：

"那么，亲爱的兰芬！你回去，向你爸爸直截了当提出了咱们的要求吧。——来，让我祝你此番的成功哪。"

这么着，孟一柯博士和那女士合抱在一起了。

送走了女士，孟一柯博士请进了黄剑影先生。黄剑影先生打从左手而来，那女士打从右手出去。黄剑影先生没瞧准那女士是谁，但觉得这后影好面善。黄剑影先生总以为自家眼界广，相与的女士们多，自然记不起谁是谁了。

黄剑影先生一进了门，便把烟斗拿下，两手合在一起，烟斗裹在正中，像机关枪扫射似的，拼命向孟一柯博士作揖、打恭；一边还口口声声："久仰！久仰！久闻大名，如雷灌耳。"可是黄剑影先生这么地做了不多会儿，挟在左胁下的皮包，索落落地掉在地上。这一掉，可给黄剑影先生掉醒啦！立刻想起了面前站着的人，是个穿洋装的博士。自家底作揖，不大合式。就在拾起皮包那时，把烟斗仍衔上嘴，霍然地伸过右手，跟孟博士握了握。

孟一柯博士别有想头在想，不曾看准黄先生这一付慌张情形。握手后，便笑涎着脸儿请黄先生坐。

"请坐！请坐！"孟一柯博士照例递了一枝烟过来，黄剑影先生翘一翘烟斗，表示自家已经有烟吸了。孟博士笑了一笑，又给黄剑影先生倒上一杯茶。

大家坐定后，黄剑影先生拿了烟斗敲着膝头说了：

"孟博士此来，有失迎候，抱歉抱歉——府上是哪里？"

"敝舍是北京——北京——哦，现在叫北平了。咱祖基是北平。但现在住在上海。因为咱们到过法国的人，非东方巴黎的上海是住不惯的！——霍霍霍！"

孟一柯博士每说到句末，就有一串霍霍霍的笑声。怪像一串蛋壳碰在铁罐上，老练而且高傲。

"哦！原来孟博士还是法国留学生！久仰！可是孟博士是哪个学校——"这回黄剑影先生是侧着头，装出一副洗耳恭听的神气了。

"是——是巴黎——唔——是巴黎里昂大学，社会学

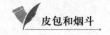

系。霍霍霍！"

"哦，巴黎——巴黎里昂大学。那么博士论文的题目，可得而闻乎？"

"那篇论文，黄先生还没有瞧到过吗？去年，去年不是有人给我翻了过来，登在上海各大报上吗？——霍霍霍！"

"——愧我见短，恕罪！恕罪！"

"就是——就是——《中国盘古时代社会制度考》呀！霍霍霍！"

"哦！那么孟博士一定研究过甲骨文了。鄙人虽然现在也弄弄新文学，但于小学也略有研究。孟博士的甲骨文，是跟谁学的，罗振玉，还是王国维……"

"这二位——这二位先生，我都函授过，不过我大部分工夫——霍霍霍——还是费在巴黎国家图书馆里。那里有许多敦煌石室的材料，真是——真是难得的材料。霍霍霍！"

这时，黄剑影先生突然发起呆来了。黄剑影先生怎的忘记了自己的来意？然而立刻抓住机会说：

"唔！材料，难得的材料。可是这回孟博士到我们敝地来讲民众运动史，找到些什么材料？"

"这个吗？——我找是找到了一点，不过不很充实。正要——正要请教黄参事呢。霍霍霍！"

"那可太——太客气了。孟博士在上海是哪里发财的？……唔！唔！是在哪里尽义——尽义务哟。"

黄剑影先生突然又把话宕了开去，深感到自家正面的意思不便提出来。

"咱是在民国大学教书，教的也正是中国民众运动发展史。这回来贵地演讲，又收集些新鲜材料。真是难得难得。霍霍霍。"

"可是在孟博士演讲稿里，有讲到我们宁波民众运动的情形吗？"黄剑影先生终于将要说出来意了。

孟一柯博士闭着眼想了想，黄剑影先生底名片，浮上脑子来了。孟博士要借助黄先生处正多哇！孟博士立刻接着说：

"有一点儿，有一点儿，可是不多哇！正要请教黄参事啊。我倒听一个贵同乡，一个女生说，黄参事还是宁波民众运动的先锋咧！霍霍霍！"

"这太抬举我了，我实在不敢当。"黄剑影先生说着，重新站起来，深深地鞠个躬，"我实在没干过什么民众运动呀，不知道那位跟你说的女士是谁？且跟孟博士

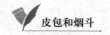

说些什么——比如说我是干哪一类民众运动的？"

"您老别客气啦！霍霍霍！你不是在五四时代组织过十人团吗？"孟一柯博士也站起来微微地弯了弯腰，回礼，"要知道中国民众运动史，首先是要从十人团运动开始的。所以您老又是中国民众运动的始祖哇！霍霍霍！"

"啊，啊！那真不敢当了，那真不敢当了。"黄剑影先生又坐了下去，"可是那位女士是谁呢？她真知道我的历史，这真要使我把她引为知己了。夫'女为悦己者容，士为知己者死'……"黄剑影先生忽然吟咏起来，抖着膝头，陶醉在一种微妙的境界里。

"哈哈！"孟一柯博士轻轻地泄出一声笑，心里却感到有一点异样的酸楚的感觉，仿佛黄参事这话，对自己是一种侮辱。然而博士是吃过面包的。吃面包的人，应该有绅士风度，会受气。一会儿也就置之泰然了。

"不过，孟博士恐怕对于我们这一运动详细情形未必知道吧，要知道咱们这一运动，是辛苦艰难而又英勇地斗争过来的。"

"正要请教呀——霍霍霍！"孟一柯博士一脸的笑。

"那个我倒可以跟您说一说——"

于是黄剑影先生侃侃地述说下去：他说到五四运

动后宁波社会底一般情形；他又说到在"五四运动"中间宁波学生运动底无力；他说到宁波小市民性之卑鄙龌龊，全不知道团结为何物；他于是说到他抱着个如何的决心，把那些小市民组织起来，一面领导软弱无力的学生运动，一面积极向宁波买办阶级、富商，作无情的斗争，勇敢的进攻；烧日货，打奸商，牺牲了不少生命，流了不少的血，终于革命胜利，在中国民众运动上奠定了稳固的磐石。

"虽然那时候，有人说我们十人团有受奸商贿赂，包运日货的，但，但这些话，毫无疑义是布尔乔亚买办阶级放出来的空气，是中伤之计，是解散民众运动与学生运动底联合战线。但这一点，孟博士在中国民众运动发展史的演讲里，大可无须提及的，未知孟博士意见以为如何？"

最后，黄剑影先生终于这样作了个结论。

孟一柯博士闭着眼听着，心却索记着另一桩事，磨似的转着：不知道现在她已经和她父母提出了要求没有？而且她那父母是否顺利地允许了她的要求？要是这事成功了，那么由订婚而结婚，无论如何是不能久待了，因为她是如何年轻，如何芬芳，如何香甜呀！虽然

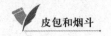

她已经……

然而——

"那意见是对的，你一定得到成功！你已经胜利了！"孟一柯博士听黄参事高声地追问，立刻答非所问地说，直待自己惊悟到措辞不大妥当，便改口说："你在中国民众运动史上是个成功者，是个胜利者啊！……"

但，的确，黄剑影先生这一番拜访是成功了，而且，又不免是个胜利者了。于是，为使这一见如故的孟博士留一点好印象起见，黄剑影先生便起身告辞了。

黄剑影先生走出了旅馆，包车夫又挺恭顺地拉上车来。

"这一会到那儿去呢？"黄剑影先生想了想。唔，记起来了。黄剑影先生还得到县党部去。

"县党部。"黄剑影先生吩咐着。

"是！"包车夫飞起两腿，拉着车子快跑。

坐在包车上的黄剑影先生，真个是满面春风；阳光和煦地照着他，他变成个天之骄子了。"胜利和成功总归是我的。"黄剑影先生得意地这么想，"瞧，过会儿到了县党部妇女协会，那个会长庄素吾，怕又不向自家亲自来握手，而且，这回，真的会把金戒指套到自家手指上来呢。那么——那么，自家那个太太——太太——嗳……"黄剑影先生想不下去了。

"想不下去，那么换一个想头吧！那么就预想想昨日的通电吧。现在各地响应的电报，总该回到妇女协会来了吧。那么今天自家应该再向庄会长提出一个议案，叫妇女协会改作为女子协会吧。而且，再来个通电。这一来庄会长准会……唉！到那时候——啊！到那时候，我黄剑影不应该再来个'结婚通电'吗？"

于是车上的黄剑影先生益发着魔似的飘飘然了。

到了下午三点钟，黄剑影先生总算照例跑遍了县政府、大江日报馆、海关衙门……现在，则放下了皮包，藏过烟斗，郑而重之地来拜访裘公馆了。

小心地蹑着脚，进了裘公馆，裘监督正在书房里发气：

"这还了得！这还了得！这么一来，她可把我面子抛到那里去？"

裘监督大声地吆喝着。

"老爷！你也是有年纪的人了，你又何必生那么大的气。"裘老太太在一边平心静气地劝说着，"女儿呢，就交给我来劝劝她好了。也许她能回心转意，听我老太婆一

句半句话……"

裴老太太还没有把话谈完，黄剑影先生已经进了书房门。

"爸爸！妈妈！"黄剑影先生开口就那么叫。

自从裴珠如先生来此做了江海关监督，黄剑影先生就早早晚晚向裴老太太献殷勤，裴老太太看看黄剑影先生长得一表人才，且据他自己说又是曾任华盛顿和平会议中国代表前王部长的表侄，裴老太太又益发看起他了。常常在裴老先生面前称道黄先生："这个孩子可不错，挺恭敬，又挺聪明。可惜咱们没养个那么好的孩子。"因之裴老先生也另眼看待他。有一天，且把裴老太太底话跟他说了。黄剑影先生一听这话，便扑落地跪下叫："那么，爸爸在上受儿子一拜！"裴老先生着了慌，立刻请出裴老太太来，黄先生又迎上去，跪下，磕了几个响头。这么着，黄剑影先生就做了裴珠如先生的干儿子。

这时，黄剑影先生看这两位老人家在叽咕，不知叽咕些什么，所以很小心，而又很温和地叫了声"爸爸"和"妈妈"。

妈妈看到干儿子来了，喜得眉开眼笑：是个帮手来了。便说：

"老爷！你也别怄气了。剑影不是外人，你不妨把这事跟剑影说说看，也许能商量个主意出来呢。"

裴监督哼了老一向，不想说话。最后，还是黄剑影先生涎着笑脸走上去，再叫一声爸爸，然后他才慢条斯理地转过身来，缓缓地说：

"唔——唔——气死人，气死人！竟出了这么个败门楣的女儿，你跟他说去吧！"

说着，裴监督掀了掀他那磨盘那么大的屁股，摆动着石鼓那么圆胖的身子，走到桌旁，拿过水烟袋来，预备抽烟。黄剑影先生瞧在眼里，立刻从柱子上挂着的燃纸筒里，给拿下三条燃纸，擦着洋火，燃着一条，递了上去。说：

"爸爸，请吸一吸烟，散散闲气吧！"

一边，又回过脸来：

"妈妈，那么你说呀！"

于是，裴老太太念阿弥陀佛似的一句又一句地说了。她说她的大女儿兰芬，本来是在上海春申大学念书的，因为有一个中学时同学，在民国大学念书，常常往来，认识了民国大学一位什么博士先生，现在博士先生要娶她，她也要嫁他。说是要实行什么自由恋爱了。但

她还为咱们二老面子着想，今天特从上海跑来，向咱们提一提起，征求咱们同意。

"但是——"裘老太太于是放重语气说，"什么自由恋爱，恋爱自由，这些花头，古老时代是没有的。咱们给女儿拣人家，总得门当户对。虽说那个小伙子，也到过什么发国毛国，得了个什么赌博士、麻将士。咱们可不知道他家世究竟怎么个呀！而且，兰芬少时，她老爹早已心许了一个人，那就是——那就是——你们关衙门里吴少霞秘书，是老爷的老朋友的儿子。不过——不过还没有文定过吧了。但吴秘书也早已心领了的。要是现在——现在真个自由恋爱起来了呢！……"

"那就杀了我头也不许的，杀了我头——"裘监督声如洪钟似的叫着。同时，把水烟袋里烟灰"呼的"吹的老远老远，像高射炮的开花弹，在半空中划了个抛物线。"你想，这事做得吗？这事情——"裘监督于是停下抽烟，左手捧住水烟袋，放在左膝上；右手执着燃纸，搁在右膝上。燃纸冒着白烟，线似的上升。

"做不得，做不得！"黄剑影先生立刻下了个断语，"这无论如何是做不得的。现在时势真不得了。男女礼娴之防全无，动不动就自由恋爱啦，恋爱自由啦，这一套！爸爸是不大看报的，所以还不怎么知道外面男女青年学生，闹得怎么个乌烟瘴气。儿子每天看报，这种事，一天总至少可看到四五起。我们宁波民风，本来一向淳厚，可是现在也不行了。竟也有人讲起自由恋爱起来了。讲起男女平等起来了。要知道男女生理完全不同，'男以治外，女以治内'，古圣人早已给分定了的。女子终究在种种方面不便在社会上抛头露面的。妈妈你想是不是？——"

"是哟！"裘老太太说，"我活到这么大年纪，五六十岁了，连往城隍庙烧香去，都有点不敢呢。本来，女子无才便为德，也是老爷自己拿不定主意。兰芬去年中学毕了业，本可不用让她读大学去了。到现在，竟闹出那么个不体面的事来。"

"唔——唔——"裘监督听到这里，又喘起气来，胸脯一起一伏的。接着，摇了摇头，吹着了燃纸，又抽起水烟来。

"但是还来得及呀！——就把妹妹关起来，不用再让她去上海就行了。她又没着翅膀，看她飞到那里去？要知道，上海真是个万恶的地方！妹妹又年轻，意志不定，确然去不得。至于妹妹要学些诗词歌赋呢，那不是

儿子夸口，儿子还将就得了，教一教便了。"

"哦！这倒是一着好棋子！……"裘监督这时方把他那胖得像圆筒似的头颈往上一伸，想过来似地吐了一口恶气，"那就这么办吧！太太，就这么办吧！你得软禁了她，别让她溜了呀！"

"可是此刻她去会她表妹去了。我赶紧着人去叫她回来。"裘老太太说着，便叫来个老姆子，吩咐着去了。

问题得了个解决，于是裘监督放下水烟袋跟黄剑影先生杂谈起来。据裘监督意思，现在是人心不古、世风日下的时代，总得想个办法，挽救挽救才行。这办法，自然还是提倡读经为是。而女子呢，更须多读《列女传》。

"可惜，我自己年纪老了，提不起笔，不能做文章宣传宣传！你是个可畏的后生，应该帮我做些有益世道人心的文章。就署我的名，到报上去发表也可以的。"裘监督于是又叹息地这么说。

"是的，是的。噢——"黄剑影先生还恭顺地伺候着，然而久矣夫不亲烟斗了，不免打了一个呵欠，"这文章必须分正面反面，两面来做。反面的，便是批评现在所谓新文化运动，首先我要做篇'恋爱十不可论'。正面的，便是提倡读经救国。……我想，我想，回去下番功夫，将来再送给爸爸过目。"说着，黄剑影先生似乎要告辞了。

裘老太太听了黄先生这一番话，连声念："阿弥陀佛，阿弥陀佛！那真是功德无量了。"

第二天一早，裘公馆差了个人来送信。黄剑影先生正挟住皮包，衔着烟斗在看报，预备就出门。

黄剑影先生左足交在右足上，腿子上下不住地摇着。

"老爷！"包车夫掀进帘子来，"一封信——裘公馆来的。"

"裘公馆来的！"黄剑影先生连忙放下皮包和报纸，像接圣旨似的从包车夫手中接过信来，"你去。"一边又挥着包车夫走。

"是！"包车夫鞠了一个躬，掀开帘子出去了。

黄剑影先生拆开信来看：

　　剑影寄儿知之：芬女已于昨夜失踪。愚中心如焚。海关事务无力署理。拟请吾儿以参事名义，代理署务。愚已另下手谕，着吴秘书起稿，想不日即可发表。惟关于兰芬不名誉事，恐报馆方面，捕风捉影，多所张扬，还望吾儿

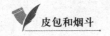
前去接洽，不使发表为盼！

寄父珠如字

黄剑影先生读了，不觉哈哈大笑。原来在别人灾难上，却发现了自家的幸福。于是漫不经意地把那信往信插上一插，又来看报。高翘的烟斗，一阵阵冒着白烟，像在庆贺我们黄先生底成功，也像在对全室的一切物事骄傲。

黄剑影先生把登载国事的第一张报纸看完。丢在一边，开始来看第二起地方新闻。可是"孟一柯博士中国民众运动发展史演讲突告停止"这几个大字，赫然映到黄先生眼里。黄剑影先生不免懊丧了，这么一来，黄先生昨天的拜访，不是白费了？黄先生急急看那正文：

"孟一柯博士昨日在甬江中学演讲中国民众运动发展史，听者万余人。孟博士讲风甚健，滔滔万余言，毫不吃力。历二小时，已将中国反清复明之洪门会运动阐发无遗。不料昨晚七时，甬江中学校长江声涛拟欢宴孟博士于东升楼，邀请数次，而孟博士竟杳如黄鹤，不知去向矣。询之大新旅馆茶役，则谓孟博士已偕一妙龄女郎购轮回沪。此中原因如何，莫得而知。想亦吾甬人士，招待不周之过欤。"

"怎么？"黄剑影先生抛了烟斗，叫了起来，黄剑影先生眼前显现了一个非常面熟的女郎底背影，"哦！原来是这一套。"黄剑影先生突然领悟过来，"什么博士，原来是个骗子。"

"但是，也好。他们终于也作成了我。"黄剑影先生于是再把烟斗拾起，衔上。挟住皮包，又从信插上抽出刚才那封信来看，这回却只看到"以参事名义代理署务"九个大字。

黄剑影先生掀开了帘子，走出到大门口，跳低栏似的跳上了包车，叫：

"海关衙门！"

黄剑影先生两手覆在黑皮包上，挺直腰骨，端端地坐正。这回黄先生把烟斗翘得更高了。

老石工

地面在发抖。一条毒龙似的火车，在灰色的荒老的田野中，沿着沉静而严肃的铁轨，以急越的律动，向前开去。

我坐在三等车里，心系在要归去的宁波。

田野在飞舞，回旋——一轮轮地转到车尾去，青苍的天空像一把拿在玩把戏者手中的青伞，不住的转动，不住的发抖。

四明山脉成为一条激湍的黑流，在天云的深处，向"无垠"狂奔。

车厢里坐满了诸色人等：没有一张神情相同的脸，没有一只阔狭相等的肩膀，没有一句高低相合的音调——老的，壮的，男的，女的，村的，俏的，说着，笑着，叹着，愁着——没有一个相同的心。显出这造化制造人类的神妙。

然而，一车子里的人，却同拴在一个运命的锁链里：为了活，谁都不能老守在一块土地里。

我独自个儿沉思着，笑了。

谁有这样一把钥匙，能把这一车厢里人们的心的秘密全都启示了呢？人类能相安于这微妙的关系里，多半在于能相互守着各自的秘密吧！

这样的一个每每会在公众场所起来的想头，又使我糊涂起来了。

我合下眼，抱着头，靠在车窗下一块桌板上。茶杯里的热气，像条毛虫似的打我耳边爬过。我听出火车放缓了它底速度，轮下被碾的石子，紧张而断续地在发着不可抑止的悲鸣。

仰头向窗外看去，一堵城堞在一座山头旋转，黑沉沉的瓦屋，也一幅幅地展了开来：在那山脚下，在那城墙里，终于扩展成一个黑色的大海。青苍的缭绕着的炊烟，可仿之于海鲸的喷水。

余姚到了。

我索性伏下头装作睡去。

自然，还得归罪于我那怯懦的惯性：我怕看每一个车站上那种纷乱杂沓的情形。在这中间，我全体验不出

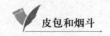

自傲为万物之灵的人类底可爱，我只看到一大群赶赴屠场去的奔牛。

我就这样伏着，直等到车开。

但这回却偏有人将我推醒了。

"先生对不起——让我搭半个屁股吧！"

回头瞧：是个脸色苍黄有些病态的老年男子，带着自卑的苦笑、乞怜似的眼光，这么说。

我没有让我的手提篮也占上一个位子的理由，对他点了点头，也就把手提篮抱在怀里。同时，我把背脊靠着车厢的壁，侧面看着这新来的旅伴。

"对不起！"

他说着，真的像对我非常抱歉似的把自己底半个屁股颤巍巍地搭在椅子的一端，而后发抖着两手，唯恐撞坏了我似地，从他瘦骨棱耸的骨头上，卸下一个用白色的土布缝成的两端塞满了一切物事可架在肩上走路的担囊，放在我们中间相隔的空位上。

这担囊就是我们中间分界的一座土山。白色的土布，由于汗污与风沙底磨炼，已变作焦岩似的灰黑。他那虽然枯瘦得成麻秸似的但还显出钢铁一般的坚硬的手臂，就抱住它似的搁在那土山上。

对座是一对青年夫妇。由于这新来的旅伴底陪衬，他们可显得益发娇嫩与泽润，他们瞧了瞧他，相互地失声笑出。女的赶快用紫色的绢帕，掩住涂抹着蔻丹的红唇。男的却回头为司丹康所剿平的黑发，脸子向外地看着窗外的天地。

火车在一阵纷乱声与哄闹中，又以规律的爆响，轰隆轰隆地爬上它的去路。

我们底新来的旅伴这才左右顾盼一下，显着欲哭无泪的苦脸，吐了口长长的气。

于是为心跳而激成焦黄的脸，马上褪成一张白纸似的苍白。我疑心置身于冰天雪地之中，对坐在为太阳所融瘦了的雪僧面前。我惊恐着：他是否是个活人。

对面的青年男女皱起了眉，不知在咕哝些什么。他稍为动了动屁股，拍一拍打满补丁的上油的发霉的夹短衫裤。然后再叹了口气，迂缓地打开那担囊的盘结，伸手到袋子的一头。

一只长颈子的酒瓶拿在发抖的他的手里了。削白的脸上显现出一痕像鞭子抽在牛背上发红的苦笑。

"对不起——这回我真的得回家了！"

他低低地说着，他像先求我宽宥他似的看我一眼，

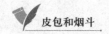

把瓶嘴对向自己的嘴子。瘦长的颈子上，有蒜头大的喉结，像一个残缺的水车轮子似的在上下着。——我听到他咕噜噜的快乐的响声。

"有什么法想呢！霍咯！"他咳嗽了一下，吐出一口浓黄的黏痰，在地板上。"廿年了！总回不得家去。这回可真的回去啦！——这可不是梦啊！"

颤动着苍白的嘴唇，音调像从没绞紧的弦索上发出来的，缓急而凄切。一车子底轰响压没了它，要不是我是他的邻座，我也无法听清他的控诉。

对面的那一对又在嫌恶地发笑了，讽刺似的向他投着尖利的眼光。接着，就忽视这人底存在，谈着他们所要谈的。

"唔！"我仿佛安慰他底孤独似的轻轻地应了一声。

"我是一个石匠啊！"他突然像灵魂回到人间似的热情地说，但还继续喝着酒，"但我竟生了那么一付硬命：不准回家！——嗳！不准回家！先生，做人难道还有比这最苛酷的运命吗？……"

我摇了摇头，同情他：表示人是不能不回家乡的。

"可是我竟……唔！"他又对着酒瓶嘴喝了一大口，"咕噜咕噜！唔！"他咂了咂舌，"真的廿年了，但也为的这个呀！"他扬起瓶来给我瞧了瞧，"为的我太爱这个了。……"

他皱起眉头，把瓶子摆在膝上，用着深沉的眼，瞧着这黑色的瓶，呆顿了老一会儿。

"爱酒也不算坏事呢。"

我提醒他似的说。自然，为的我也爱酒。要是对面的人是个斯文中人，我这时将要背几句李白的诗激励他一番：

"……天若不爱酒，酒星不在天；地若不爱酒，地应无酒泉；天地既爱酒，爱酒不愧天……"

这可不是我们这古老的土地上底最好的宝贝哲学吗？

"可是我就坏在这个呀！先生！"他这回竟有点不可捉摸的感伤了，"但是叫我有什么法想呢。论理，我做石匠的手艺，可也不坏。但现在的世界，可不要我的手艺呢。以前，据我们师父说：那些发迹的人家，门第外总要雕几对像样的石器。自然，这是很远的年代的事了。雕石狮子，雕石鼓——还雕墓碑什么的。其实，这些我都会一点点，不过不很高明罢了。可是，我也雕过一条好龙呢！……"

他突然在脸上焕发出一种圣洁的荣光，像有什么记忆抓住了他。但我听着，好像听到远古年代的逸事。石鼓、石狮这些镇压我们这古老的土地的艺术品，在我童年时的想象里总以为是天上掉下来的，不是人造的呢。

"啊！那你可不错呀，你是个艺术家呵！"

我于是用惊惶而赞扬的口气说。他仿佛动了感情，脸上露出感激而又怀疑的神情：

"先生——什么叫艺术家呵？"

那可真叫我穷于解答了。对面那个女的，却向他脚边吐了口唾沫，仿佛要跟他刚才吐出的黄痰比赛洁净似的。

我想了一想，于是对他解释道："艺术家就是铸成一种东西，像活的一般，且能叫看的人感到快乐、欢喜、忧愁，甚至于哭泣、灭亡、死绝……"

"那么，老实说，先生！我雕过一条石柱上的龙，可是真的叫我自己走上了死路！"

用沉重的叹息结束他的话语。我像一条小虾似的给压在大石下。我透不过气来。

"可是——呃！"他看我静住了，仿佛记起什么似的用手掌抹一抹酒瓶嘴，递了过来，"您先生也爱喝这个吗？——能不能赏个脸？"

我在隆隆的火车的轧砾声中，吐着极幽微的谢词，摇了摇头，拒绝他底颇不恭敬的愚蠢的好意。

"霍霍……"自然是趁便把酒瓶放到自己嘴子边去了，他狠狠的喝了一大口酒。

这故事还是由他自动地来加以说明：大约是廿年前的事。说起来可真不算怎么遥远。在他的故乡里，有一个大族，为了年年衰败下去的缘故，要重新盖造过庙宇，保存风水。这就要他雕一条石龙柱。

"自然石龙柱刻有两条。"他抹一抹没有胡子的尖下巴，"不过我只承包一条，价钱不算少，还有一份赏金。这就是叫两家来一下比赛，看谁雕得比谁活现……"

一切工作都顺利地进行着。他每天挥着精壮的手臂，雕着，想象着，想象着，用锥子细细的修改着……仿佛要把所有的生命精力，全放在那条石龙上。果然三个月的时光，在他锥声中飞逝，一条从来谁也没瞧见过的龙，在旁观者眼里活鲜鲜地出现了。谁都夸着他手艺精巧，谁都算定他会得一份赏金。

庙宇正要上梁的时候，为他亲手用黄纸封着的向前突出的龙眼，突然在竖正柱子时掉下一只。他瞧到这，

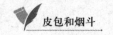

一脸灰白，倒在地上，昏过去了。

"没有什么！没有什么！"仿佛他在这里还保有着那年昏晕的感觉，惨白地苦笑一下，"我并没就昏死过去，我马上硬朗起来，我跑出庙子。……先生，事情还有比这个再明白的吗？那不是同行嫉妒，是什么呢？……好，算我输了你吧，我那时拍拍胸头想。回来用石胶把那眼睛胶住。我一句也没说到赏金的话。第二天我去找那另一个承包雕石龙柱的赵大。"

他脸色飞起红来，不喝，也不叹息。酒瓶搁在他膝上，仿佛看住他那亲手雕成的石龙似的瞪着眼，遐想着。

"哦！是那人故意敲坏你那条石龙的眼睛吗？"我不禁感慨地追问了他一句。

"先生，"他转过脸来，答非所问地说，"可是我也坏了他。……"

决断的语调，叫我吃了一惊。接着，我又看到他在抖颤。

"你杀了他？"我低低地问。

"唔！"他停顿了一下，"光只脑门上给他一锥子。"他用酒瓶向我面前一闪，脸上仿佛又露出当年的凶狠。

我冷了半身，说不出的一种抑郁。

"难道还有别的方法对付？"于是他那阴郁的眼，尖锐而平静地发出光的芒刺，"我就这么逃到外乡……"

火车又在一个站头前停下。我生怕宁波会立刻就到。同样的叫喊，纷乱，哄闹……

"这就是叫你二十年不能回家乡去的理由吗？"

我低声地问着。他仿佛不想回答，呆住。对面那一对年轻夫妇在伸懒腰了。他们伸呀伸的，女的伸头到窗外去，男的就伏在那女的肩背的一边。我还听到男的在呵女的胳肢的笑声。

"不，不。先生，我说，我不能回家，是为了这个！"他终于又提起酒瓶自卑自怯地说——但终于又像被酒瓶吸引似的，大喝了一口，"就是为了太贪这个啦！总不让我在那家石塘的老板那里脱身出来。"

"喂！喂！请你把这个拿下。"突然一个大声音，向我们中间袭来。一个灰色长褂的旅客，用他那横肉累坠的脸上的恶狠的眼光射着那个石匠。

"唔！唔！我拿下！我拿下！"他马上变成条像被野孩子的乱石打怕的狗似的，手足无措地转动着身子，瞧着这灰色长褂。终于他两手发抖，提起灰白色的担囊，给架在

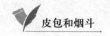

自己的腿上。左手里那只酒瓶，却还牢牢地拿住不放。

坐椅那一头，这就挤进了一个大屁股，把他挤得像一根竹竿似的挺直起来。可是他还不敢过分地挤着我。

"你这猪猡！你不会把你这讨饭袋放到椅肚里去吗？"不一会儿那挤进来的大屁股，用膝盖叩了一下他的担囊。担囊的另一头就叩在我底膝头上。

"唔！唔！我放，我放。"他又讨饶似的看了看那个新来的旅客。回头对我苦笑一下，站起身来。一个大屁股刷地送了过来，占去了半个椅子面。留给他的只有马鞭阔的一个空位。

对面那一对仿佛望腻了，又伸了一个懒腰抽回身来。

"喂！你站在那里干吗？有着空位不坐！妈的！"

男的在大声吆喝，女的又用紫酱色的手帕掩住了红嘴唇。要不是椅子给她挡住，看来准会退避到三舍远的。

他刚把担囊塞进椅肚里，还从那里面摸出了两个麦饼。一听到后面的叫声，他又畏缩地退到原来的坐位上。然而他插不下屁股来，他底屁股就空架在椅边上，险些儿倒下地去。我就靠里退了三寸。

"我坐！我坐！——哦！先生，您为人和气。……"

他并没有感到侮辱的气愤，反而显得安耽起来，含笑地转向我说着话。

"您……您知道，我现在老啦！做了五十多年的人了，别人待我好一点，我可受不了。我是听惯了骂声与白眼，我有了这些，反觉得有点舒适呢。"

说着，他那付尖锐的眼光，就从那女的起，绕了一个圈子，落在右手边的灰色大褂上。

灰色大褂两手挡住叉开着的膝头，像匹雄马似的在吐着白气。胖得发油的脖子在索索发抖。

火车又要开动了。尖利的汽笛声惊动了我。他可也漠然地照旧喝着酒，有时还掰一角麦饼凑进嘴去。

我的注意，又在火车底单调而激烈的响声里，集中在他身上。我又提问起他为什么爱喝些酒，就不能回家乡的理由。

"罕罕……"他眯着眼笑了一笑，"先生，这说来可有点别扭……可不是吗？酒得用钱买来喝，我可每年喝完工钱还不够。我就这么给绊住了，一绊住就是廿个年头。唉！

"您想，我这以后，还愿给别人去雕什么龙呀狮呀的吗？这叫我一想起来就心痛。不瞒您说，要不是我今天逃出了那地狱，高过了兴，也不会跟您先生说起这些。

"但我总得活，我活，还得靠我的手。我又不能抢劫、偷盗。我还得靠我的本行吃饭，我就在那大雷山一家石塘里做了个粗工匠，给老板轰岩头，打粗石板。……"

"那也不错呀！雕石龙柱，供在庙里给别人家看着玩，倒不如打粗石板、铺大路供一切人走来的有用。"

我说着，突然又惊奇自己这一套庸俗的哲学理论：现在不是大倡而特倡的倡导着接受艺术遗产的主张吗？古典的艺术为什么一定要跟大众艺术划分界限出来。……

"可是走路的人，没有一个想到咱们做石匠的危险哪！"他把自己瘦脸上那积有尘垢、像两条黑蚕似的眉毛向上一扬，深陷而圆形的眼眶，就拉成椭圆形的了。接着，他说起开石塘的大致情形。

……在冷山深岙里，在峭壁千仞的大岩前，他们或者搭起一个高木架。人蹲在那里，仿佛吊空似的，却还要使用大锥铁凿着，跟岩石拼个你死我活。或者石塘已经开了一半，岩石上有块兜形的嘴子，他们就站在那嘴子上凿石块……

"望望下面呢，是深得没有底的一块黑，望望上面，天是没边没际的阔，鸟儿拍着翼子打咱们脚下飞过，风从地底卷起，直吹着咱们的屁股……要是个阴云不雨的天气，云在咱们脚下浮起，太阳却又贴近地照着咱们头顶，晒的人要死。头上冒汗，屁股可还沾着湿。……这时候，咱们就得什么都不给想起，光挥着大锥子，打在铁凿子屁股上，一凿又一凿地凿下去。……锥声，凿声，石块的飞溅，那是一切。人也算作跟锥子一样的一付家伙，那还挨得下去。……可是，先生，您知道，咱们毕竟还是个人，有脑子终得想。除非把脑子麻醉得半醒不醒的，再没有工夫想到那下面是横七竖八的乱石堆，一跌下去，就是十成有九成半要了结……要是一想起这，那么准叫你身子一轻，屁股上汗毛根根竖起，冷飕飕的仿佛一阵风，化做一条蚯蚓，向卵筋爬过去，爬到丹田……唔！这可不对啦，丹田往下一坠，就得鸟出水来……两脚——嗳，两脚会再也蹲不住啦！……"

"蹲不住，可不是要掉下来了吗？"

大概我这吃惊的神气，使他发笑了。他胜利地喝了一口酒，喉头咕噜了两下，半角麦饼又塞在嘴里，然后用手掌一抹，打风箱似的有点不透气的闷声地说：

"跌下的，自然有。那可不再像个人样子。一块肉

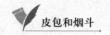

酱和血饼，连骨头也都碎成齑粉。哼，先生，你怕一定
会说：人怎么那样不结实，经不起这么一跌。那可没
办法。一个跌下来是那样的，第二个跌下来也还是照
旧。……但这在老板眼里，可不算什么一回事：那是
'该死'。越胆小，越会跌。自己胆小，自己跌下，跌得
该死！……"

这叫我唤回了在青油灯下听祖母讲老虎故事时那种
恐怖的感觉。我不住地霎着眼，回看着一车厢里的人，
但我什么也没有看到，只有一千只一万只奇异地发光的
眼睛包围着我。

"你可……"

"我吗？"他不待我说完整句话，就接上说道，"当然
没，一跌下，那可还让我留得那么一点点老骨头，叫火
车搬回家乡去。先生，你想，我现在是不是回到家乡去
了呢？"

他突然怀疑到自己的存在似的，来了这一回。我在
吃惊中点了点头。

"是的，是的，我是回家去啦！可是我那边也没有
家，但总是我的血地，有爸爸妈妈的坟墓在那里……我
好久好久没瞧见那坟上的黄草啦！"

他那眼睛跟着说话的感伤调子变得湿润起来。尖瘦的嘴巴，有点儿干枯的笑痕。他又喝起酒来了。

对面那一对可真活得有意味，时时相互抓握着手掌，夺着手帕，还咬着耳根说话。我只听到："明天……上海……那家旅馆……维也纳……"几个断续的字眼。而他那隔座的大屁股，还仍旧揸开两脚，两手挡住膝盖，有我无人地发着恨。

"我可不！我会定心……有点昏晕，我也会抱住木桩子静一静。……可是，大半的定力，却全凭这老哥……哈哈！这老哥！可不错呵。"他扬了一扬酒瓶，得意起来，仿佛表示自己有战胜一切危惧的勇气。

"但咱们一伙儿，谁又不靠赖酒老哥的扶持？人一喝得够的时候，胆就泼天的大。仿佛两股下长着两个翅膀，上去下来，全都很松动。工作也就做得更起劲。妈的，什么跌不跌，这种糊涂想头全给赶跑了。老板呢，不用说，在那附近的村庄上，开了大酒店，任你喝足再算账。你一天舍不得喝，老板就会拍拍你的肩头，说：'老狗，别痛惜铜钱，壮壮胆哇！'自然喝得惯，不喝也就全身没股劲，手和脚软软的像抽出了气，谁还上得石塘去。再说，咱们是粗人，谁会回头往后想：大鱼、大

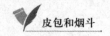

肉是现成的，不要你付一个子儿，写上账就完事……让那混账去在工钱上扣除……眼前总得活个够味，吃喝个饱来。便是跌死，也是个饱肚鬼呀！要是一喝得饱，那就天大危险也不怕，大伙儿唱着笑着，叫着骂着，打着扭着……不一会儿就各上各自的石窠去，叮哈当啷一阵子响，再也不愁跌下去……"

"那么，这时候，你可也有点儿工作的快乐？"

"快乐？——屁！"他这时，仿佛对我怀恨似的冲了一口，"还不是一具家伙？您先生，可能问咱那铁锥有快乐吗？……哈哈……那真别说起，我足足给绊住了二十年，一点不假，二十年……年年还不了酒账什么的！婊子养的，有时还得在女人身上也……唔！……"

他马上把酒瓶对住了嘴。这回酒瓶却竟咕噜噜的发起响来，像在怨怼着谁，又像他们两口儿在私下密语。

"老实说，"他放下瓶子，又对我说，"这生活，我真活得够了，我倒想寻死。故意跌下来，跌个稀烂，叫老板没法再在我明年工作上扣回账钱，也算报了个仇！但再想想，我光干子一个儿，谁收我这肉酱血饼。爸妈养大我，活着，没孝敬过一杯羹饭，死了，总得躺在他们身边去，这，这……有点不合算呀……"

"那么，现在你可怎么脱身出来呢？"

这一问，叫他为酒所染成的青色的脸发了一阵子的红。

"我，我……先生！"他格格地说不出话来，"我一生只有做过这一回错，我趁老板出门去，偷了他一笔钱……我……唔！说来可叫我……唉！我死了的爸妈也不会饶我的，我……犯了两桩罪过——杀了一个人，又……"

他说着说着，终于抱着酒瓶哭了起来。我看他发狂似的把酒瓶一圈紧一圈地抱着。两边太阳穴露出了竹鞭子似的青筋。牙关在一掀一动的绞紧。对面一对，在切切地笑出："发酒疯啦！发酒疯啦！"邻座的灰色大褂，却用手肘撞了他一下："干么？"

这叫他霍地里醒了过来，他极其清明地露着笑脸对我说："但我……又害了一……个自家兄弟呢。"他顿了一顿，"老板总以为我老实，做了二十年工，没出过岔子，一直没疑到我。我们石矿里一个青年伙子，却给他吊着打了一顿，送到警察所里去了。这……这就叫我再也住不下去……我撒了一个谎，说是自家妍头给我一些钱……还清他的账……就一溜烟逃犯似的跑出来……

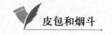

唔！……"

他照旧喝起酒来。终于脸上渐渐显得平静。青苍中，我看到有死的阴影在浮动。

我们相互沉默着。我也还没找到适当的安慰的词句。车窗外灰色的天地旋舞得发起疯来了，我看到作为这大地的血脉的河流在抽搐发抖。放牧的孩子与耕牛一齐滚成了两个黑点子，像在孩子用麦杆拨成的喇叭的斗里吹滚着上下的两颗罗汉豆。我又在火车极度的轧砾声中，听到那旅伴的颤抖的低语声：

"……我现在想到：我害的……都是自家人……赵大，那个小伙子。……也许赵大没弄损我那条石龙的眼睛，却是我一开头就怀着妒忌，猜度错了……我的锥子，摸错了人！……那小伙子呢……唔！咱们根本是拴在同一条绳子上，谁犯了罪，受罚却还是自己的一伙……"

于是，他又停止了。他那手上的瓶子，刷的从他的膝头滚了下去，刚打在那个灰色大褂底脚上。

"妈的！你惹老子干吗？"灰色大褂仿佛这回找到出气的对象，向他兜肩膀的敬了一拳。他颤抖着，俯下身去，拾起酒瓶。灰色大褂提起了穿着平缎鞋的右脚，要他把鞋上沾着的灰尘拍个干净。他像一匹被老猫所慑服的鼠子似地用呆滞的眼光向灰色大褂瞧了一瞧,俯下身去。灰色大褂这回却将他的一马鞭子阔的坐位也占了去。仍旧揸开着脚,两手挡住膝头,连他怎样在吹净自己鞋上的灰尘也没给注意似的,高傲中带着愤怒。

对面那一对一瞧到那石匠局促颤抖的样子,都胜利地大笑了。

过后,他站直起来,看一看自己失却了的坐位,从椅肚里拖出担囊,给架在瘦肩上,对我笑了一笑说:"先生,这里没有我的空位,我到毛厕门边去站一会吧,大概火车也快到了吧!"

于是,他提着空酒瓶走出了我们这一"小集团"。由于灰色大褂的愤怒和那一对青年夫妇(?)讥讽的笑声,连我也不敢跟他说句临别的安慰话。

"这里没有我的空位……"是的,我可也没有勇气把自己的位子让给这疲于人生的路途的旅伴。

火车的轧砾声和一车厢旅客底哄闹声,在我耳中增大起来。我把我底灵魂,淹没在这些纷扰中,茫然无所感觉。

"什么时候到我们的目的地呢?"但我却这么焦急着了。

革新者

一清早燕子就呢喃地在屋角长鸣，张主任也已在他公馆的前院打着太极拳。

张主任历来就非常讲究卫生之道。从中学毕业做了小学教师，到考进交易所，从北伐从军到省政府办事员，十余年来如一日，张主任总不敢稍自怠忽，做着早操。

然而现在张主任却打太极拳，据说是实行了新生活。

"曾国藩也是打过太极拳来的，所以他能打败太平天国……而且他饭后百步……"

张主任近来常对属下这样说，曾国藩是否打过太极拳，他有点渺茫；饭后百步，他却确确实实在曾国藩日记里看到过。总之，这不管它，既然以身许国，就得打太极拳。再说曾国藩已经成为我们立身处世的先驱者。

"……宜乎其为百世的师典……"

张主任摆平了马步，两手像捉空气似地向空盘旋，紧闭着嘴巴，让鼻孔一股股吐出白气，脑子里闪过了这一句，就觉得通体舒泰，丹田里有股暖气直冒上脑门。

"主任！报告。"

一个穿灰色中山装的勤务，敲响着牛皮鞋，在张主任跟前来了个立正姿势。张主任许国心长，还打他的太极拳，没给理踩。

"大前天，我叫我那个朋友，向他们种贝母的，煽动了一下，今天——今天他们要准备起运啦！"

"什么——起运?！"

张主任霍然收住了气，涨绷绷的手脚立时软和，站直了。

"自然，他们也等不及啦；老等银行也是等不了的！要换饭吃呀！再说，十元一担也还收回不了本，只好自寻出路。可是又给我那朋友火上加了油，今天是——今天一准要……"

"叽咕那么一大套干吗？还不快停嘴！"张主任立时沉下脸，"快去！叫曹书记来。"

"是！"

又是一声牛皮鞋响，一个坚实的影子转出前门去了。

这回，张主任该得在自家轩子间里念一遍《建国方

略》或《合作社发展史》，但有时也念曾国藩《经史百家杂抄》，等自己太太端上一杯红茶来。

太太还没端来红茶，曹书记已经踏着石阶响。"吓！"张主任赶紧咯了一口痰，打断了"如何充公，再如何私卖"这些糊涂想头，赶快把《经史百家杂抄》的线装本，遮住了脸孔，装个泰然的姿势，仰坐在藤椅上。

轩子间的门轻轻响了一声，仿佛一个苍蝇飞过耳边：

"主任，嗯嗯，嗡——"

慢慢把书本从眼前移开。"唔！"张主任沉吟一下，"坐呀！"

"是！是！"曹书记回着，却不坐。

太太端来了一杯红茶，一盘饼干。张主任怒恨地盯着这荸荠脸的女人一眼：

"不应该再来一杯吗？"

张主任把"来"字的声音提得特别高，仿佛怪太太"来非其时"。

"这是汪裕泰的祁门红茶，非常之有名的。曾国藩也喝这个，但不抽纸烟。"张主任做个笑脸，把自己一杯就推让给曹书记。

"别客气，别客气，"曹书记恭敬地上前一步，也推让一下，"主任叫我……"

"唔唔！"张主任马上阻了他说，"那公文弄好了吗？——就是叫警察所协助缉私的。果然，不出我所料，据报告，他们今夜预备大批偷运了！本来，到警察所我自己去说一声也可以，但那是手续，所谓师出有名，知道吗？"

"是！是！今天上午可以办好，叫专差送去，今天上午……"

"那就好！——那么请喝茶呀……"

"不，不，少陪了！"曹书记深深地鞠了躬，又放轻脚步出去了。

"这一着主意可不错。"张主任隔着轩子间打开着的纸窗，看曹书记黄色的中山装，在鲜绿的前院，英挺地移动过去，"用人是得用年青人的。有精神，没有坏的生活习惯：吃烟、喝酒，还调戏乡下妇女。年青人才能实行新生活。"

太太真的又端来了一杯红茶，但一进轩子间却又怔住了，客人已经不在。

"见鬼的东西！"张主任向她白了一眼，骂着。她抖缩着退了回去。张主任的眼又落在她那阔大的屁股上。

"真是非离婚不可。不离婚是无从继续革命的！"

张主任的眼前，忽然显出了一座煊赫的教堂，终于自己和一个什么女士之类的异性并立在牧师面前，听牧师的嘴里念念有词。

文昌阁离开张公馆不上百步路。张主任穿着一身黄色哗叽呢的中山装，挟着个黑亮的皮包，向文昌阁走去。

可恨乡长太不讲"乡政"，一路上全是泥沙小石子，张主任的皮鞋吱吱地在脚下发叫。十六块钱从上海大马路花旗皮鞋店买来的这细纹皮皮鞋，不到一个月，鞋底已经麻皮得颇有可观了。可惜！然而张主任又不能小偷似的蹑着脚走，要有"新精神"，总得把皮鞋敲得地面响，何况又是主任。

文昌阁的照墙，粉得雪白，中间有斗大的八个大字，仿佛一列卫兵似的站着岗。

"人人为我，我为人人。"

于是张主任就觉得高了起来，昂头挺胸地向大门迈进。大门右边有块蓝底白字的直矗招牌："鄞江贝母合作社。"

张主任向那招牌瞟了一眼，就觉得老婆确实早应该离婚的，不必说这里南方人不作兴喊太太的，便是喊师母吧，这荸荠脸也没有高人一等的长相。不配，大大的不配！

穿过杂草丛生的庭院，墙角一株千年不大的细叶黄杨树上，跳跃着从屋瓦缝里新出窠的小麻雀，叽嘎地叫着。另一墙角，高耸着一株落了花的山茶树，飞倦了的燕子，在枝叶间休息。只听到它的声音从叶缝间漏出。

张主任穿过正屋，向阁上走去。

还没坐到靠窗放着的那张写字桌旁去，张主任再来一下卫生之道。

"这里的空气多新鲜呵！"

想着，足足呼吸了三满腔的空气。突然回忆似的嗅出空气里夹杂着的药腥气，在白石累累的溪滩上，晒着的那些元宝象牙似的珠贝，一天星斗似的展开在他脑子里。

"唔！唔！"张主任真觉得生财有大道，笑了。两手指撮起裤子，拉起裤脚管，坐在桌子一边。

"打！打！打！"

里壁那自鸣钟正打了几下。张主任掏出表一看，慢了一刻钟，左手那两张方桌旁，曹书记和王录事正在起劲赶办公事。王录事终究太年老一点，戴着一付老花眼镜，抄一个字要转一转脸子，而且抽烟。曹书记仿佛念

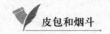

《吊古战场文》似的，摇头摆脑地念着他自己的手稿。

"一点也不新生活。"

听到楼下那种熟习而不规则的皮鞋声，知道金会计主任到来了。但也感到一份喜欢，自从有了这省立农工银行派来的金会计作伴，办公可不像庙祝似的寂寞了。

没看到金会计那副白嫩的脸子，先听到哼着唱《桃花江》似的口哨，一缕淡青色的烟雾，也就从门口送了进来：

"哈啰！Good Morning！张主任。"

白手套在空中一扬，一枝烟头合着火星几乎要高飘到天花板上去。

"唔！您好！"张主任沉沉地回答着。

金会计没三步就迈到张主任对面那张桌子边，放下皮包，脱去手套，往公事笼上一丢。嘴里哼着无名的曲子，香烟的火星在上下移动。

"怎么？老张，又有什么不高兴？"金会计把香烟蒂往窗外一丢，一边理着皮包内的文件，一边说，"我看，你又在怪我抽烟啦。"

金会计没把话说完，左手角上那个老录事马上忘形似的把那半支仙女牌灭熄来。

　　"可是你别讨厌这。"金会计一坐下椅上，照例展开昨晚到来的为勤务折叠在案头一角的上海《申报》，"你虽然从前也吸过烟，可是你不懂得吸烟三昧。那可别怪我。比如中国现在流行的纸烟，就有两大系统：大英牌，老刀牌，还有哈德门，那是应归于一个系统的，其味润泽而香冽。至于美丽牌，金鼠牌，还有仙女牌，其味焦燥而略涩，那又是另一个系统……"

　　"嗯嗯！别说这一大套啦！"张主任终于插了句嘴，顺便在衣袋里探出一粒冰糖含在嘴里。二年前张主任自实行戒烟以来就那么主张，"烟可戒而冰糖却不可不吃。"而今也成了习惯了。

　　"你想，这个国家，还有什么希望！民心竟那么不餍足！"张主任无端地发起感慨来，"我们总想在旧地基上，建造些新的房屋，而那些乡下佬，却总以为我们在捣什么鬼。这真叫我现在感到非常灰心。我常常想：改革，改革，这怕终于是字典上的名词。"

　　左手边那张桌子旁的曹书记在张主任这一阵感叹下，摇起头来，而且挺直腰背。王录事可把头缩得更进，背也拱得更高，仿佛一只要向雌猫偷袭的老雄猫。

　　"这话可也不错，近来民心越来越坏，也越来越贪！

这真所谓人心节节高，天高不算高了！"金会计随便地附和着。他还不明白张主任到底为了什么事，发那样的感慨。但仿佛也知道有点风声。

"比如先说你们银行家。"张主任把家字音提得特别高，也像就抬高了这每月支付他合作社办公费薪水等等的金会计的身分，"近年来因为政府要复兴农村，叫你们都到农村里来放款，这实在是福国利民的顶好办法。可是乡下佬墨守旧法。惟恐别人陷害他们，不愿向银行借款，情愿磕上九个响头，向乡下财主挪借，这真不知道打的什么主意！"

"打的鬼主意！"

"哈哈！鬼主意！好个鬼主意。乡下佬难于教导，我以为比旧式女子还难。我对他们是都没有希望了的。"

"贵主任说哪里话，张师母可给教导得不坏呀！"金会计伸过头来，放低声音取笑着说。

"唔！唔！"张主任把头子转向窗外去，屋檐上一片青色的天，阳光投射空中，像碎金似的闪烁着。空气有点晕眩。"这别说起！这别说起！我不过打个比喻。……"

接着，张主任嚼碎了融成一小粒的冰糖，咽下喉去，嘴里已经滋润了。

"呃！老金，你听到过些什么消息没有？"突然用一种警戒似的严重的口气，张主任问会计主任。

金会计放下报，做了个询问的眼光。

"呃！你说银行近来没汇钱来吗？"金会计说，"其实银行为了这合作社，也已放下了不少的款。比如说，你老先生就得每月那个数。"金会计屈下右手一枚大拇指，翻了两下："还有别的人员的工薪、办公费，以及零星开销等等，合计也在三百以上。三年来，少算些也有一万，可是只这么一个小村落呀！照全中国地面做个比例，那真是沧海一粟，再说银行还有别的事业要做，虽然照上海市面看，地皮主意已经塌了台，但向农村放款，可也没十分把握。现在银行除不得已维持这合作社经费外，要再借款给农民，或者立付现款，收买鲜贝，可真有点难乎其难了！……"

"不！不！"张主任焦躁地等待这对面的人把话说完，因为说话要有秩序，那正和不抽纸烟，知道礼义廉耻有同等重要，"我说，我说那些种贝母的社员，有什么不安分的动作没有——你——你听到？"

"哦！有这等事，那还了得！"金会计霍然站起，拍

了一下桌子。后面那个老录事,"相应理合"缩短一寸颈项,表示小心翼翼,而且恭敬。

"所以咯,在中国要讲革新是困难的。"张主任以忧世者的口吻,情韵悠远地说,"在光绪时候,因为要讲讲洋务,就弄出了义和团之乱,这是前车。革命以来,政府未尝不想努力革新,比如办公共体育场,建设中山花园。造公路,还有——还有——刷新市容,前个月我到上海去,就去市中心瞻仰过,虽然没有市民,建筑可真巍峨之至。至于我们这合作社,深入农村,尤见政府苦心。……"

张主任正想一泻千里地说下去,可是突然地给金会计拦腰插上一句:

"自然!自然!"

张主任呆了一下,于是又说:

"即就这里贝母合作社说,也并不是合而不作。"张主任皱了一下眉,"你是今年新派来的,不知道过去情形。去年我们为了农民利益——社员利益,也曾跟上海药业联合会打了一大阵笔墨官司。这些市侩,你想有理可喻吗?他们通同国医,一致不用贝母,以防风替代,这是什么把戏呀?不说那两种药药性不同,即功效也完全互异，但这是医道，不必说了。他们总之是怪合作社垄断生意：把贝母价钱抬得太高了，他们全不想想我们是为农民增加富力。——是复兴农村呀！没有合作社以前，农民各自向药行去卖，每担总只能卖到三四十元，除干晒，减轻了分量，再加运费等等，净收也只十元光景。前年我们把贝母积压些日子，市上因之供不应求，价钱抬高到每百元一担；去年一律叫社员不起土，想把价钱抬高到一百四十元，药业联合会竟弄出这花头来了。后来还是劳了党政各界出来调停，才把这事弄清，但农民还是没有什么损失。十元一担的净收总归有，今年社里这个决议：'鲜贝每百斤以现金十元收买'——这个议案，他们可不愿意执行了——听说有大批社员要偷运到宁波药行里去私卖呢！"

张主任把末后一句话，说得特别轻，但也特别郑重。

"哦！又玩这老把戏！我从前也仿佛听到过，"金会计把眼睛一睒，"愚民无智，以至于此，可兴浩叹！"金会计真的浩叹起来了。但还笑对着张主任做个鬼脸。

"所以我对这个民族是没有希望的了。"这回，张主任装作没看见这鬼脸，闭了一眼，用做结论的口气说，"一切革新事业，全被愚昧无智者出卖了！国家之亡，一定

亡在他们手里，但也难怪，旧地基上造不起新屋子！有时，我倒主张根本改革的。像黄巢、张献忠这些人，在某一意义上讲，是有他们历史的功绩的。因为从此庶政得以澈底刷新了！"

"毕竟贵为主任！高论，高论！"金会计半讽刺半揶揄似地说，"所以银行家现在对于复兴农村这一伟业，也有点冷淡了。你看，这笔收买费老不寄来了呢。"

"主任！"一个声音打横送来，一看，曹书记已经将公函奉上。

张主任把它挪过来随便地一瞧，签了个字，回头说：

"顺便叫专差说上一声，叫所长下午到舍边来玩玩！这里也不另附信函了。"

"是！是！"曹书记答应着下去。

"我以为，中国现在要有理发匠精神。"张主任稍稍呆了会儿，突然仿佛文思来潮似的转向金会计说，"你看革命以来，理发店可真刷新了不少。其实黄巢、张献忠也不过懂得剃头艺术……"

"哈哈！高论，高论！"金会计感到些淡漠，一边回说，一边燃起了一枝纸烟。咕噜噜的向张主任吹了过去，"所以你把张师母的头发也剪了去，看来倒像'黄'蜂

'窜'似的。——是亦黄巢乎？哈哈……"

"笑话！笑话！"张主任把眼睛向左边老录事一瞥，跟金会计示了个意。心里想："再不离婚，那是无从继续革命了！"

下午，张主任没上合作社去办公。

等警察所长总老等不来，心里有点着急。推算的结果：这责任却落在老婆的身上。因为她招待客人，毫无礼貌。

那么只好自己雇了一辆人力车碰上所长的门去。事关紧要，何况所长那个女儿，尼吉姑娘着实活泼伶俐。

于是坐下在所长的会客室里嘻嘻哈哈地谈起来了。

从天气谈到起居，从起居谈到消闲，所长突然起了个打牌的念头。

"这个——这个吗？有点不新……新生活的……"张主任嗫嚅着。

"那没有什么，逢场作戏。那没有什么。"警察所长规劝他。

"本来是——本来是也没有什么，不过，我已厉行了这个——这个有好几年啦！不过，不过所长既然高兴——那就偶一为之。"张主任局促地看了所长一眼，仿

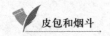

佛记得去年这时候，这胖大块头所长也是这么一付贪馋的脸——先来一竹杠，好办法，有你的！张主任想。

"你是实行周年纪念，我知道。"所长说穿了他心事，"你那公函我也过了目，我已派了弟兄去协助你们的缉私队啦！咱们大家吃公事饭，何妨打开纸窗说亮话，你有劳兄弟时，兄弟也得有劳你！……"

"那自然，那自然，有事小弟是无不帮忙的。比如写些卫生标语之类，那小弟一手字倒还要得。"

"哈哈哈！张主任，这回你可不聪明了，劳你的就是打十二圈麻将。你别以为咱们会抬轿，讹你一大笔钱！"

"哦，哦！说那里话，说那里话！"然而讹字的声音，摇着他的心，但也没办法，"那么好，来呀！"

张主任拍了拍胸，仿佛安定一下颤抖的心，要唤回他战士的灵魂来。

"这老鸟，可真没了毛。倒要讲条件，先得孝敬他一笔：借打麻将做名义。但去年那些押扣下来的东西，倒也变卖得不错！"

张主任这么一想，顿时心广体泰，觉得自己早就应该答应下来：真太不聪明了。

"可是，说实话，别找外边人。江太太，江小姐，那就可凑成一局啦！要是找了外边人，说开去，我自己是个小主任，也没有什么，怕会塌了曾、曾——比如曾国藩的面子！……"

"哈哈哈！"江所长笑得肚子一凸一凸的，"真是个好主任，也真是个好委员——新运要不是你支持，唔！这镇上决没有那么整洁！咱们是老粗出身，说实话………嗯！嗯！——喂！有人吗？拿牌来！……还有，还有请太太小姐出来……"

屋子里突然静下来，静得可以听到紧张的心跳。但张主任不懂得自己为什么这么心跳，仿佛觉得这和自己老婆的丑恶有点关系。因为老婆的丑恶，也就显出别人的漂亮，显出江所长的幸福。

牌是由江太太亲自拿了来的，自然也不是面生的了。江太太虽然是中年以上的人，两颊上那两颗"胡蝶"式的笑涡，是出名的。江小姐呢，更出落得水莲似的，嫩得要融去！脸上抹着胭脂，站着，却还袅娜着像条蛇。

"呃吓！"张主任咯了一声痰，想稳定一下自己的心跳，可是不行，一种从江小姐身上电流似的传来的压力，反而叫他有点昏晕了。

"呵！原来张先生到此，我道是谁呢？难得好意思跟

你打牌呀！"

江太太大方地说，回头瞧了自己女儿一眼。

"尼吉，向张伯伯行个礼！"

"嗯！"尼吉小姐笑了笑，却不行礼，呆在一边，用烟蒙蒙的、水盈盈的眼，瞥了张主任一下，表示自己已经不是个孩子，"张伯伯怎么不叫张师母一道来玩呀！"接着她又说上这一句。

"笑话！笑话！"张主任回着，连头也不敢抬。想："简直送了我一根刺，真的非离婚不可了。"

"别哆唆了，快些各自坐下来。"所长高声大叫着，"尼吉，你就坐在爸下手。跟张主任对个面。你瞧，（所长转向了张主任）你是反对女人抹胭脂的，尼吉还只十六岁，我就叫她抹胭脂。这回，我叫她对着你，示个威。"

在一张四方的假红木桌四边，坐齐了人，开始打起牌来，哩啦哩啦的声音，立时充满了一屋子。

"但有时，我也不反对抹胭脂。"张主任随和着，向尼吉小姐偷袭了一眼，"正和打牌一样。……"

"这可见张主任的宽大啦！"江太太整着牌，搭说着。

"老实说，女人不抹胭脂怎么行。我是个老粗，但也到过俄国。俄国女人也抹胭脂，这是——这是——"所长看了女儿一下，吞下了半句话。

江太太哼不出似的哼了一声，她知道所长要说的话："你不抹胭脂，你就挑动不起我的性欲来了。"

"哼！"江太太终于大声哼出，且尖了所长一眼，随手抹牌发牌。"呃！"接着她又说道，"张主任，听说你们合作社又多了事。怎么搅的呀！"

"嗯！嗯！革新是困难的，总之是，革新可不容易。"张主任这么一句，倒在责怪自己连家庭革新的勇气也没有。这回，叫他不得不承认"女人不抹胭脂怎么行"这话真是句至理名言。他把一只中风直打到尼吉小姐面前去。

"嗳！"尼吉小姐惊了一下，又发着冒烟的眼睛向这边看过来。

"等着瞧吧，一到晚上，就会有事件发生！"江所长坦然地说，"去年还不是一样。天一黑下，就有偷运贝母的那些家伙，到这镇的南渡口下船去。这回还会例外？趁飞机偷运，想来没那么本钱吧！"

"哈哈哈！"张主任出声大笑。但这笑声一听进自己耳里，就又自责自怪地想：笑什么，有什么可笑的！

"可不知道他们这回偷运得多不多。"张主任说，"银行家也不好，老不寄现款来。十元钱一百斤鲜贝，是最便宜不过的了，偏挨着不收买，我也不知道他们打的什么主意，那个会计一天到晚哼曲子是他好，总说没电影看，干死了他。"

"是那个姓金的吗？"尼吉小姐接着说，"我好像在学堂里看到他过，说是咱们先生的朋友。"说着，两颊上漾出了两个酒涡。

这叫张主任顿感世途茫茫，荆棘独多了。江小姐在乡村师范读书，居然也认得小白脸金会计主任。这可大不应该，不合女子新生活之道。

"说实话，这种地方我也耽不惯。第一就少有女人抹脂粉，要不是咱们校长有那个主张……唔……这回是发财一只已落河，成了死暗克……就是不为了暗克工作，谁要在这里当鸟所长！妈的，老子是什么出身的呀！到过俄国……"

"爸爸！你也是——嗯！……"

只有江太太这回沉静了。她在做万子清一色。全家平时管理所长不许"听嵌张"似的管理每一只牌。

"我也是——可不是吗？现在乡村常出乱子，料得中不是有人从中捣乱？……可是，嗳嗳！张主任，这回说实话，扣押的贝母，不能再提到合作社去报账啦！去年弟兄们没些好处，就口出怨言，叫兄弟不好处置。其实，我也是为的合作社是新兴事业总得拥护。可不是？——再说，报纸上天天登着那么偌大的广告，跟药业联合会办难，也着实丧了元气！所以……唔！唔！——这牌怎么搅的呀！……"

这胖大块头就眯着眼，看着自己的牌，老一会打不出。

"办公事的，也有办公事的困难。"太太已经听了张，也听进了丈夫的话，觉得太露锋芒，就给他遮盖一下，"这叫作哑子吃黄莲，有苦说不出。张先生，是不？"

"嗯，嗯！是的！是的！我知道，我知道！"张主任说着，早就感到自己的失算了。

……

他们这么地边谈边打。张主任心烦意乱，越打风头越不行。看看所有的筹码快输光了，全身一热，仿佛要急出小便来。这益发叫他怪起老婆来，只知道多泡一杯红茶，一点也出不得客，应酬应酬。要不然，同来所长家里，还怕他们父女三人轮着抬轿。

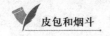

"真非先打发它不可，这白虎星！"

一只白板也就落在河里。张主任顿觉身心畅快不少，像打过太极拳后念起《建国方略》时似的。

"主任，主任！报告。"

突然扑来一个声音。

早上那个贴身勤务，竟像鬼似的出现在他身后，这回没有听到皮鞋敲着脚跟响，只听他说话声有点发哑，而且气吁吁的。

"这么急跑来干吗？"张主任马上还我本色，又是俨然一付主任架子。

"果然起运了！而且一大队！而且，天还没黑，公然的起运！"

"什么？缉私们没阻挡吗？"

"缉私的人不够………不敢胆……唔唔！我有一句话要回明，请主任到外间……"

"那可正好呀！"所长撑起了两条黑眉，"他们总不能趁飞机偷运呀！我早就派了大队，在离村三里的要口上截堵着了。那怕什么！那怕什么！"

张主任终于暂时离开桌子，走到外间。勤务凑上嘴去，他给便领撑住，低不下头颈来，但已经听清了勤务的话：

"我那个朋友已经向我来要过报酬了呢，说这回贝母充了公，主任有一大笔进账，总得赏他这个数目。"

勤务举起一只手。

"五元？"

"五十咧！"

"混账，混账！我就办他一个煽动罪！有你做真凭实据，叫他小心。你快回去，跟他说：主任要办他！"

那勤务呆了一下，简单的脑子，想不出一个解答。但接着却从张主任眼里看出了意思：减少一寸血。

张主任索性放大声音，大喊大骂着进来："混账！混账！……"

"怎么一回事？"所长和所长太太全都那么问。

"有了一点眉目，查出了一个捣乱分子！"

"好！好！那么还请你赶快入局。"所长说，"不有他们捣乱，那有我们生意！感谢上帝，赐我以捣乱分子！哈哈哈！……"

张主任也"罕"了一下，但总觉得心头沉甸甸的，不畅快！本来上司笑后，理合同声"赔笑"，但张主任笑不出，实有亏于新精神：掉了个"礼"字。

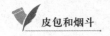

　　"啪！"张主任狠命地发了一张牌。然而再一看拆错了一搭，一生精明，偏轮这盘，可惜！可惜！

　　江所长瞧瞧太太面前满堆筹码，忽然心血来潮：派出去的警士未必可靠，要是中途得贿释放，那么区区筹码，可何足道，得赶快加派一个亲信的警长前去监视……

　　"有人吗？"

　　江所长叫着，回答的是一片室外奔来的静。"妈的！人死光到哪去了！"所长骂着，摸来只好牌，心又沉下去。终于来了一阵急速而零乱的脚步声。

　　"报告！所长。"跟着扑的一阵皮鞋跟响。江所长一脸阴沉，转过脸去：一头满头大白汗的警士，警服撕得像女人袒胸的"奇装"——唔！奇装异服！张主任想。

　　"闹了乱子啦！……开了枪！……"警士透不过气。

　　"跟谁们？……"江所长却还坦然，声音大方而有力。

　　"那……偷……运贝母的……"报告的人，就像一枝旗杆，没移动一下。

　　"什么？——有这一回事？"张主任回过头来，随身跳起，一手把自己的牌跟筹码，推向江太太那边，装作无意似的给它搅混了。但一边却在心里想：好！难得有这样赖账的机会。

"怎么的啦！我的筹码……"江太太叫。

"别慌张，报告下去！……"江所长也霍然站起。

"开了枪啦！……当初是，一给咱们和缉私的堵住，他们就哀求哭诉。咱们不理，预备把截堵的全给挑到这里来，由所长发付。……可是这一来，他们也狠起了心，一窝蜂似的拥上来抢，竟给抢回了。咱们跟缉私的又赶上去夺……可是，有谁向空放了一枪，一个流弹，打中了一个农民。……'啊唷'叫了一声，那人倒在地上死了！……于是……唔唔……他们全都抛了贝母……不要，奔了过来，夺去了咱们的枪枝……混打起来。他们用扁担做大刀……向咱们劈来……也有被他们劈伤了。枪有给他们夺去的……咱们败……退下来。他们扛着自己弟兄的尸体，一股回去，说要去烧掉合作社，一股说要抢到这里……来……"

"什么！什么！"江所长直吼得拍起桌来，"抢到这里来？"

"呀！"尼吉小姐尖叫了一声，躺到江太太怀里去！

张主任脸子白得像一张纸。瞧着屋子，一屋子的东西都跳动起来，眼睛发着绿光。他觉得自己这回手法

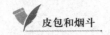

有点那个：叫人去煽动煽动，竟煽动出真刀真枪来了。

但这……这怕和老婆的荸荠脸也有点关系。面前老晃着那一付长相，叫人的思路怎么能用全呢？或者，或者竟是——张主任的思路这回忽然灵活了——我那勤务捣的鬼。真的在煽动"革命"，上敲下诈，想打破我的饭碗，抢走我的老婆。……这小子，一定跟我的老婆有那个——那个……"我要办他！我要办他们………"张主任直叫起来。同时江所长一把推倒了座椅，像一个跳出战壕向前冲锋的战士。

"那还了得！哼！真是王法全无了。……我的手枪呢？……"奔到屋角，摘下驳壳叫，"你们俩……快给我走开，到——到民家去避一避……你，你……打个长途电话到宁波去！张主任，你别老呆在这里了！去打电话！你说有大批土匪，抢掠村庄……叫总局赶派大兵来围剿……而……你，（他指着那直立的警士）快在警所处架起机关枪来……啊，啊！没有机关枪？那么去你的……滚，还不滚！"

张主任呆着，但还嗫嚅着：

"唔唔，所长，所长！捣乱分子，我知道，我知道，是我那勤务——勤务……有证据！有确实证据！从前圣人说过，身修而后家齐，家齐而后国治，我一定要……
我一定要……"

"妈的，滚你的蛋！念你什么老古书！你以为——你
以为自己脑袋硬，打不穿！"

"啊！"张主任瞪着两眼，接受这上司的斥责，但总
觉得江所长太暴躁了一点，不够镇静。

"怎么的啦？"到此，江太太才哭了出来，"我那一大
堆筹码呢？"

"是！是！"张主任于是转过脸容赔着笑答应着。仿
佛在认输账，也仿佛在领所长的教。

"妈！妈！"

尼吉小姐急得什么似的发抖，催促着江太太："快
走！到我同学梅英姐家里去。"

"唔！梅英，好个梅英这名字！"但张主任这时，心就
像野马似的跑。然而对于警士和农民格斗事件，他倒反
而很镇静。自从讲究新生活以来，张主任学得了三个镇
静。他看江太太、江小姐慌慌张张跑出去，自己也就一
步两步地跟在后面走。

"然而，革新可真可不容易！"张主任于是来了第二
个镇静，浩叹着。眼落在江小姐袅动的后影上：身段

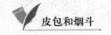

大小适分，行动灵活，不像自己老婆粗大而笨拙。"笨拙！妈的，真非用澈底手段不可！离婚！离婚！"

然而，眼睛一阵黑，脑子里展开一幅奇景——一片红炎炎的火烧场，从合作社直烧到自己公馆。真烧得蓬蓬勃勃。这时有个荸荠脸……那女人正在跳着，叫着……终于倒在火堆里，完了！……

"那么，真的是食黄巢、张献忠之赐了！"张主任忽而得到了第三个镇静，宽慰地沉吟起来："塞翁失马，安知非福！连离婚也不必了！……"

眼睛再向江小姐袅动的后影追去，张主任顿觉得前途大有希望！

天才

搬了家以后不久，我就把我底家命名为"饮煤轩"。

房子不能算很坏，独自一个门禁，也还清静舒适。每天伏着案头写些东西，也无车马之喧，可是煤灰多得要命。还只打扫过不到一个钟头，桌子上的布罩，马上就黑得像有千万只蚂蚁在爬。而自己底脸子，也就像传说中的包公。

这叫我倒抽了口冷气，有点悔不过来。

"怎么看房子的时候，连贴近有个机器翻砂厂都没有顾到呢？"

不但是妻，连我自己也老是这么地问着。

两支漆黑的长烟囱，一天天在我眼前"伟大"起来。终于做了我日常生活的"威权"，我向它们低下头来。

我的心像做错了自己不愿做的事的罪犯似的，负疚着，整天沉甸甸的。

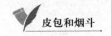

但我正是悲剧里的人物：在一切狂风暴雨似的行动面前发抖，而又不自甘没落，想以文字来报效祖国，就此謷解了自己，拿着已被一般士人阶级认为唯一的武器的笔杆，做梦一般地扫荡自己所能扫荡的，算作个社会上的不很重要的存在，活下来，也已有些年头了。

这生活底主要的动力，是"自骗"，我也明白。——以憧憬为满足，以高谈为天才。在别人看来，未始不是个所谓"英雄"那样的东西。然而，按实际，则只有三个字"不可说"！

于是，我又实行自慰起来：

"好呀！这回，我也得算是一个劳工阶级了。我每天得跟那隔壁翻砂厂里的工人，分尝着煤烟了。——我吸足了煤烟，我也许有他们一样的硬朗，能创造这世界，擎住半个天地。"

我又在自慰中自傲起来。我以饮煤为光荣，就把自己家屋，命名为"饮煤轩"！

憧憬于劳工阶级的魄力，而赞美劳工阶级，这心理是无可非议的。但依附于饮煤而自高，却又不免下作。——我也看出了我自己的"变态"。

一天晚上，我坐在狭小的天井里，喝着饭后一杯浓茶。抽着烟，手捏着足趾，像一条瘦牛伏在牛栏里在咀嚼反刍似地。正在这时候，一个十多年不见的朋友竟找上门来了。

"我从××书店打听到你底住址，我恐怕你白天要写文章，所以没找上门来。——啊！你现在居然也成了个作家了！我差不多常常读到你底文章。……"

这朋友一来，就是那么一大套。我苦笑了一下，握了握他底手，就请他在天井里坐。

虽然我们已经有十多年没见面，但他一进来我就认得他。不是从他底面貌，而是从他底声音。这声音响亮得如同打钟，一边听着他从嘴里送出来的每个字音，一边耳边就荡漾着嗡然的余音。他姓童，我们全叫他"铜钟"。

认识这位铜钟先生，还是在"五卅"那一年十二月里。我在宁波四明报馆里当编辑，编一个副刊叫作《爝火》。这位铜钟先生带着四五位那上海大学的同学来看我，要我在副刊上给他们出一期反基专号。这，我没有不答应的理由。我同情地听了他们申述后，就跟主笔接洽一下，事情也居然实现了。但铜钟先生给我的深刻下的印象，却是在那县议会议事堂里开催着的民众大会席上一套响亮而透澈的演说，却是民众大会完了后，在各

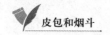

教会学校以及教堂门外高呼"打倒"之类的口号底姿态。我真是个那么脆弱的"灵魂",我在他们声音与姿态中,为这古老的国家,感激得淌下了泪来。

"无疑的,像这样的青年,正是中国底革命底前夜的一枝生力军啊!"

我那时虔敬地下了这样一个结论。

我是只病了的骆驼,面对着前进的路程,拖着蹩了的脚,缓缓地走,而我又不堪于负重,停息下来了。十来年的世事,真比蜂蛋要毒,刺得我底心脏一天天臃肿起来。我变做了一个多说多话的人。

"啊!还是条完好的铜钟呢!没些儿破碎吗?欢迎之至,我们得作个长夜谈哪!"

我拍了拍他底肩头,放诞地这么说。

从屋子里照出来的淡白的电灯光,喘息似的在幽暗的天井里浮动。我看出这位老朋友底厚实的脸、厚实的肩膀、厚实的身段。——"简直是一只肥猪!"我心里想,"也许是个革命官吏了吧!像这么有了光彩的一付长相,要不是在革命官吏群中,是拣不出来的。"

"好呀!我们得长谈一下。"他接受了我递给他的一枝烟。他看一看烟的牌子:"pirate",皱了皱眉,仿佛经过了考虑似的缓缓地点上，抽了起来，"我近来可真看了你不少的文章，怎么你底文章写得那么出色啦！哈哈，你现在真成了个作家了！……"

"作家！"我沉吟起来。这是个侮蔑的名字，在我以为：妓女似的在顾客身上发挥她底神圣的兽的本能，在麻痹了的快乐的神经里，爆发着憎恨的厌恶的火焰，这是我成为作家的悲剧。"作家……唔！"

"还不是吗，啊？老马，你是有希望的！你底前途多么远大呵！你把你底灵魂献给了大众，你将成为万世景仰的师表……你……"

我仿佛吃了一帖发汗药，身上有点麻，也有点冷。我不知道这位朋友，到底读过我什么作品。我很想考问他一下，但我有点像女孩子给别人剔破她恋奸热情的秘密似的害羞。我想把这无聊的谈话岔开去，问了些他这年来的生活。在"五卅"那一时代兴起来的许多同辈青年，有不少早已像冬眠的蝌蚪，拖着条尾巴，钻入在池底污泥中，不想再等春天底到来，变形为一匹青蛙高叫了。而这位铜钟先生显示在动作与音调上的勇敢，活泼与坚实，却仍和"五卅"那时一样。我想：他一定是一直"行动"下来的英雄。

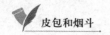

"那有什么可说呢？"他马上把我底话撇开一边，"一个人老局限于回忆着日常的琐屑的生活里，那还有什么希望？我们应该有更阔大的打算，有更高远的抱负，自己和生活又有什么谈头。……可惜的，却是我没有像你那样一支笔，写得出东西来。我这回找上你来正想提供一点材料给你，叫你写一部伟大的作品。可不是正有人在忧虑：中国到现在还没有伟大的作品出现吗？——但展开在我面前的，是一个如何伟大的时代呵！我们底文学运动，正应该跟着这时代，向前推进，扩大才行呵！……"

他对于文学有那样的兴味，那在我还是今天才知道。事实上成为个职业文人的我，却厌恶把文学作职业的谈论。但不能辜负他这样的好意，我含笑地说：

"好的！有什么伟大的材料呢？怕我这支秃笔，一个被一切伟大的作家，被骂做算什么东西的东西，写不出什么来吧！但是你不妨对我说一说看。……写成了，卖得钱，我一准请你上馆子去……"

"上馆子倒不在乎，我们要紧的是得负起时代的使命来。"他一挥手，把香烟丢在天井一角，那常常借作小便用的水沟孔里。残剩的烟蒂，在湿润的尿痕中丝丝发响，幽微的尿臭，一阵阵向我鼻子扑来。我静着心听他谈论的开始。"可是你要哪一项材料呢？自然为了要显示作品的伟大，并且扣住目前的文学运动的主潮，那总当用有关国防的反日材料吧！那么，我给你谈一谈'一·二八'公祭那一天'庙行镇大打汉奸'那一节壮举吧！"

"庙行镇大打汉奸。——唔！"我沉吟着，觉得这倒是出色的题目。要是写章回小说时，那作为分章的回目，是顶顺口不过的。"那么你说呀！"我催促着。

天井里的灯光，仿佛因他脸色变得庄严了，增加了强度。最好的说书人，便能以自己底容色，来配合所说的事件底情景：一切离合、悲欢、愤怒与兴奋，即使你是个聋子，也能从他脸上听出它底演变。这铜钟先生可真有那套本领。

他从宝山路集合队伍一直说起，说到救国会底领袖们率领群众，步行到庙行镇去这一段时，他底声音，固然是忽而高昂，有如群众高呼口号，震响入云；忽而低沉，有如群众整齐的沉着的步伐，杀呀杀地踏过沙砾与草地。……就是他底脸子，也忽而双眉剑张，两眼突出如铜铃，象征着群众底愤怒与激昂；忽而额纹深皱，颊

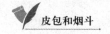

肉抖颤，象征着群众对于烈士的哀痛与悲悼。我底眼前真个展开了一幅壮大的画面：黑压压的怒涛似的群众底队伍，有两个我所认识的领袖引导着，向荒落而粗疏的野径走去。一个矮小而坚实，光秃的圆脑顶，长长的络腮胡子——是个上了年纪而偏要挺直腰背走路的坚决而沉着的老头子。一个是有圆阔的肩背，方大而肥丰的面部，全身的轮廓有丹敦风度的中年男子。他们沉默着，忍耐着，心中有猛烈的火焰在窜，把一大队火竹把似的时时在爆裂着哄叫着，喊着火焰似的口号的群众，直带到庙行镇烈士墓地。

恕我不敬：我底心头从来没有像在年关看到屠夫把猪头当作请接财神的祭品时那样恶劣过压杀抗日士兵底生命的烈焰与抗战情绪者，不是帝国主义者底炮火，而是神圣不可侵犯的英雄们底利欲，为英雄们所纪念而建筑起来的阵亡将士底墓碑，我是一向把它像敝屣似的抛撤在眼外的。我固不难把灵谷寺所看到的那庄严的建筑，来想象庙行镇烈士墓碑的情景。然而歪曲历史事实以抗日的光荣归在自己的队伍，而自己却一向坐而不抗的英雄们底存心，我以为也不难想见的。连十九路军底光荣的奋斗的史实，正也有人想予以歪曲与淹没……唔！我这么一想，展开在我眼前的，不是耸着崇高的纪念碑的光耀的墓地，却是一片荒芜的草莱之场。……

铜钟先生又把他壮烈的言辞，转到公祭的场面底描摹上。我于是看到成千成万的黑压压的群众底头，像风平浪静的海一般，成为一条线似的低下来了。——他们在做三分钟的虔敬的沉默。谁能想象清丽的月夜，那海波匍匐在海岸线上静静地不动的哀悼的情绪呢？伟大的沉默的海呵，将有个遏不住愤怒的激越的狂吼吧！

"这时候，突然有个人说了句可笑的话——"铜钟先生挺直腰背来说，"在他以为抗日应到前线去，而这里是烈士墓前。何况今日的中国，国力尚未充足，根本谈不到抗日……这马上引起群众的愤怒，就有人高喊出'打杀汉奸！'一万条臂膀，一万条脚腿，全向那人袭来。可是那人也不示弱，竟从胁下拿出手枪来……"他谈虎色变似的高昂着声调。

"'打杀汉奸！打杀汉奸！'群众绝对不会给手枪吓退，倒是那拿手枪的人，全身发抖来了。黑色的长褂上配着个苍白而发抖的喷着白沫与赤血的脸。手枪被缴了去，汉奸也就给捉住了。群众马上来了个动议：要立刻

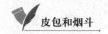

枪毙这汉奸。可是领袖们恐怕引起无为的纠纷，蔽护着他，把他从群众手里抢下，装上汽车，由警士护卫着去。但已经成为半死的人了！……"

"那么，已经只剩半条汉奸了！"我插上一句，我仿佛也感到些痛快。

"那里，他还活着呢——他正跟他底同志一样，还要活下去呢！"铜钟先生用一种惋惜的口气说。他霎了霎眼。看来一定有粗煤灰落入他眼里了。"可惜的是多活一个汉奸，多加了阻碍我们一份抗日力量。现在真的是非外抗强敌内除汉奸不可了。……"

接着，他又叙述着回归路上的情景：薄暮的云霭低沉下来，成千成万的群众，在和开始一样的激昂的情绪中，趁上了淞沪火车。震荡着，爆烈着，也咆哮着，压着发抖的地面，紧张地伸展着黑色的铁轨，直到了北火车站。

河南路口早有了武装的巡捕，机关枪和水龙头等的配备。蓝灰色的铁门紧紧的合上，阻止群众向租界示威游行。群众以铁的纪律，维护着自己队伍的秩序。要求领袖们向他们交涉，允许群众有个合法的示威行动。却不料冷的机关枪口和阴暗的脸子，作了交涉的最后答复。群众的队伍，马上拖到东方图书馆的面前。

"啊！那是多么叫我愤怒的一座纪念碑呵！"铜钟先生高扬着两手，站在天井中。这狭小的天井，仿佛容纳不下他似的。我在他面前颤栗起来。"一座高大的屋子，自从'一·二八'以来，就到处是窟窿，像一座倒坏的墓道似的，在每天照告着昏昏梦梦走过它面前的每一个人：'夫差，尔忘勾践之耻乎？'然而我们底夫差，到那里去了呢？没有一个人答应：'不忘！'——没有一个人不淡然地忘却它底伤痕了。而这天晚上，壮烈的火焰似的集会，就在那里开始了。这也是另一种形式的公祭呀！对中国底土地，对中国底土地上的一切建筑！……"

他还申述着那集会时的情形，差不多群众与领袖中每一个人底心理与情绪，都给他描摹出来了。然而他突然收了梢，像一条神龙，见首不见尾似的说了句：

"这么着，也就散会了！"

颓然坐下在椅子上。

"啊！"我也感叹了一声。

我底心却像没过足瘾的大烟鬼似的，反而增大了空虚。站看着别人底壮烈的行动前面，旁听着前进者英勇

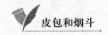

的斗争的故事，借此而求得满足，已经成为我卑劣的嗜好！这叫我此刻对铜钟先生起了极大的敬意！虽然我不像一切恐怖主义者，以行动为绝对数。我也承认我们以文字报效祖国的力量。但以文字作为职业而贩卖，没有行动的基础那是可耻而且卑劣的！

照墙上送下一阵凉风，永远像通风口响着的一种嗡然远播的声音，渐渐增加了强度。楼上，妻噢咻着初生三个月的正在啼叫的孩子；门外，我那六岁了的大孩子，在跟邻居孩子奔跑叫笑，仿佛他们全都在向我要求着生存下去的权利。这也是叫我生活空虚下去的原动力，但为人类的面上，我也没有抛舍他们的理由。

"可还有和那同样壮烈的见闻吗？"我要求"满足"，哀恳似的问着。

这眼前的人，一定是经历过不少的染血的斗争的场面，而且正在以他底生命，贡献给地下的神圣的事业。———一个真实的历史的车轮底推进力！我这么想。

"自然有哇！——说不完的，就是那些壮烈的斗争！那么，好！我再给你说一幕'市商会群叱走狗'吧！"

他响了响喉咙，润了润声音，他准备说下去。

"'市商会群叱走狗'？！"我一边怀疑似的问着，一边觉得这眼前的人，真的给我起好了章回小说的第一回目。我暗地里笑了起来。

"一点也不会错：市商会群叱走狗。因为'五卅'那天，在市商会里有个小走狗，来分发反动的传单，又给群众捉住，大声喊打……"

他这么地冒了个总头。接着，又毫发无遗地细细描摹起来。他描摹着那走狗底对热烈的群众惭愧的情形，他描摹着主席劝阻群众殴打的激越的演说的姿态。通过了他底声音与语言，我真的看到了像一匹被迫的小老鼠似的所谓那个走狗也者底慌张奔逃的情形，沿着天后宫桥逃去，没入在纷往杂来的电车、汽车以及行人之中，而犹惊恐于自己追随的影子。同时，那主席为了要继续来个壮大的游行，不愿在集会中即发生变故，反而喊弱了纪念的意义的带着说明与劝导意味的演说，我也仿佛清晰地每一句都听到了。……

"唉！我真羡慕你！"当那朋友说完后，我感叹着，"你过着多么有意义的生活呵！我并不是个等待主义者，尾巴主义者，要是我没有家庭的拖累，我也一定跟你上路！"

"跟我上路？！"那铜钟先生吃起惊来了，两只眼睛

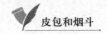

像一对真珠似的泛澜在淡白的灯光之下，"跟我到哪里去？——跟我上洋行做小职员去吗？妈的！我早已说过，关于个人的私生活，真没有谈头。便是我那职业吧，一天到晚缠住人，不许你离开一步。我听着而且看着：人家那样地干着救国运动，而自己却像一匹干死的鱼，守在枯井里，不能参加。妈的！这简直不是人过的生活……"

"那你太客气了。"我说。固然对这一番判若两人前后矛盾的说话，有点叫我吃惊。但为了环境的险恶，应该允许青蛙有变色的权利。我怀疑他在故意躲避我，"我可不是汉奸和走狗呀，我决不会去告密，把你这救国分子捉去的呀。"

"笑话！笑话！那么说，我也不找上你的门来了！"厚实的铜钟先生被我这一逼，发起急来了，"我真的在洋行里做事呀！"

"在洋行里做事，也一样可以参加救国运动呀！"

"可是我什么也没有参加过呀！"

"那么，你怎么知道得那样详尽呀？"

我们之间，就这样舌战似的相互问答着。终于，他叹了口气说道：

"跟一个作家谈话，可真没有办法！"他拍了拍椅子靠手，"我真的没有参加过救国运动，这一切，我全都是从朋友那里听来的。而今晚，我又特地来向你报告的。"

"那么你朋友，一定是个……"

"我那朋友！"他跳了起来，"我那朋友也没有参加过什么，他生肺病在疗养院里，足足住上了六七个月。他是他底太太告诉他的。"

"那么他底太太一定是个妇女救国会里的干事。"

"笑话！笑话！六七年前，她也许会来这一套，现在三四个孩子早已脚纱布似的把她缠得娇小玲珑，贴贴服服的了！……"

"呵呵呵！"我从他那声调的认真处，相信他这话也是可靠的。我笑了出来，"那也很好，我们虽然都是个失败主义者，但我们也得知道一些，有一种运动，是在长生，在推进……"

"而且叫你作家知道了，还可以写一篇伟大的小说呢。"他抢过去说。

"唔！"我应了声，沉默下来。

我想：作为我小说的题材的，不是他自己和我自己。这伟大的时代，已经为这走着湾曲的——从

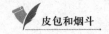

"五四""五卅"，一九二七的大革命，三月十二，以至今日的道路的古老的国家制造了另一类型的人物憧憬着未来，向往着正义，而困顿于积习，陷没于求安定生活的泥沼里，作为一匹雄辩的青蛙，而显示身手。

过后，我们又谈了些琐屑的事情，他仿佛对于这引不起刺激，感到厌倦了。就跟我握了握手，告辞回去。

我喝了一口摆在手边凳上的苦茶。

是现实把我们作为讽刺的材料而出现：一匹雄辩的青蛙。不是脚踏实地干去的平凡人，而是凌空高飞的天才！

"唔！天才！"

什么时候，在我眼前消逝了那样的影子呢？远地里的铁厂的铁锤声，响亮而宏澈地在暗空中摇曳！我不知道脆弱的灵魂，能在铁锤下爆裂出火花来否？我又觉得这饮煤轩的可爱了。

故居

　　每回跟老朱一淘儿走过江湾路，他总指着路里手一座倒没了的屋基，沉着而低微地说：

　　"这地方我以前住过。"

　　说"以前"，那自然该用"一·二八"来做个分界线。时间虽然像条血河，极其快速地在我们面前流过，带去一切的耻辱、痛苦与污秽。但这古老的疲乏了的土地，却无法弥补它底残缺，照旧让一大堆一大堆的断瓦残垣，宣示着历史的创痕伤迹。

　　我懂得老朱的意思。

　　"那该是炮火把你赶跑了的！"

　　有一回，我那么说。

　　"不，事情发生前两天我就有事到杭州去，可没碰到炮火。但什么东西都毁在炮火里了，只带出一册长篇小说《一月》。"

　　想象不出老朱底心境怎样，我可有点喜欢，也有点

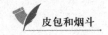

失悔。在上海蛰伏了三年，最后说是触犯了"国家"的尊严，被硬拉进一个古怪的世界里，住上大半年。出来后，地图缺了一角，我愤恨得什么似的，摔掉了上海，一脚溜到武汉。那是"一·二八"前一礼拜的事。

手拿着登载第一个战讯的报纸，我在朋友中间夸示：

"怎么样，我早就知道上海这火山口会爆裂的！我比谁都溜得早啊！毕竟我有先见之明……"

自然，那时候，拿羽扇的军师门，还没发现到堪察加去这个真理。我还得安住在武汉。

可是青年的血，没有完全从我心中干尽。我竟有点失悔没参加共同制作这一首伟大的民族的染血的诗史。

"'一·二八'于我，可什么也不能想象。"我对老朱说。

移住到江湾路以后，这一切反而显示得平常。有时，看到狗子似的漂浮在那些都市底边围的灵魂，出入在这废墟之间，反而觉得十分痛快：妈的！他们怕连做梦也想不到，"一·二八"惠赐给他们的，却在也是自家的国土上，分得了一席躲风避雨的地方，一向匍匐在洋大人面前的资本家，那损失也是活该！

开春以来，老朱住下在我隔壁。整天胡扯着文章什么的。仿佛这世界，尽有我们底一大堆优闲。有时，我们也到外面去散散步。

一天下午，我跟老朱陪着孩子上学去。学校就在老朱故居底邻近，中间只隔了个草地。

不知老朱有什么打算，提议去访问他的故居。

转了一个湾，我们岔进一条短弄里。迎在我们面前的，先是一堵破落的墙门。

推开堵住穴洞门的一扇竹篱笆，我们走进那屋子底前院。一角上堆积着一些瓦砾和破缸；凌乱，却又像被谁整理过似的。它们全都以怀恨的脸，沉默而严整地接待我们新客。

落叶随着凉风在铺石上打旋，心情也破败下了。我们踏上阶石，向里进去。

走廊上还有几堵墙垣。这像是地面底连生的骨肉，坚实地耸立着，以起棱的肩背，挡住一切横逆的风雨。

屋顶全都塌掉了。肉红色的花磨砖地面，因日晒雨淋，反而平滑得发光。

太阳和煦地照在我们头上。马路上的公共汽车，以不关痛痒的漠然的响声，掠过屋面。老朱指说着当时跟一个现在已经死了的朋友夹住的情形。语气中在我听来有点追怀的伤感：这死了的土地！这死了的友人！

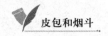

"啊！那是一座多么精美的住宅呵！"

我从这肉红的花磨砖地面骋着想象。

"可也不算坏啦！房东是个商务印书馆的工人。他们一家，住一个楼下；楼上分租给我们！"

"房东是商务印书馆工人！"

有点吃惊。我是那么稚气：把一切工人都配上两个成分，"革命的"与"困穷的"。

"是啊！是个商务印书馆的工人啊！"

一个应和的声音从后照墙下送过来。我看到一个并不十分高大的棕色脸的人，从墙洞里爬也似的走着出来。

一身灰色的上油的爱国布袍子，道地的猴子脸，两手袖在袖筒里。先跟我们来了一套："先生，贵姓大名？住在那里？"然后仿佛监视我们似的站在一块阶石上，静着。

后照墙那里，可没全都倾倒。左右两边还有两间照现在看来像两个废矿似的屋子，以前也许是灶披间。但都没了屋顶，却以水门汀结成的楼面当作屋顶了。躲风避雨，却颇安全。我们往里望，虽然黑了一点，但那人倒也把屋子里什么，整得一干二净的。

"我们以前在这里住过！"

老朱辩解似的说。这一来，可叫那人对这一对巡回故居的人去除了怀疑。

"啊！那么，您先生也受过不少的惊吓哪。好像没有见过面呢！"

老朱轻描淡写地照那时实在情形给解释了一番，接着，问他那时住在那里。

这自然引起了他的回忆。他从袖笼里抽出左手向后一指，说他住在那边，他种着菜过日。

他有他那一番平凡而坚实的感慨：中国是个没法想的国家。人心不齐，可又个个人贪生怕死。人多有鸟用场，土地大倒反而多了累赘。——"一盘散沙！"这一句党国要人的名言，也被这草野小民引用了不少次。

"可是，俺也不能笼统说话格！"接着，他仿佛要努力叫我们听懂似的，用着山东腔说着上海话，"人总有好有坏格，东洋人有坏的，也有好的；中国人有好的，也有坏的！"

这意见可不很平常啦！我孩子在那隔壁小学里读不到半年书。就会唱："可恨××人——打杀××人"的歌，我听了每每感到伤心。叫一个无邪的孩子，起了一种笼统的仇恨心理，那可是应该的？

"对啦！坏的是东洋的有钱人、军阀和官僚。……是

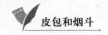

他们要支出一笔大众的血肉，来换取中国的土地……"

我照常用一种智识阶级的口吻，说出整套的含有"正确意识"的理论。

这袖着手笼、歪着半个脑袋的棕色猴子脸的家伙，并不需要听我这一套，我也就截住了话头，沉默下来。

老朱问他在整个"一·二八"战争中，他是否仍耽在这条路上，还是逃到那里去过。

显然，老朱是在找材料。看他用着右手在耸呀耸的剥去紧闭着的嘴唇皮上的薄皮，就可断定他沉浸在深深的思索里。一张方阔的菜色的脸上，淘起了上眼皮，瞪着对眼珠，像要把眼前这个人全个吞下去。

他用手掀起头上的毡帽，抓了抓头；袖回手时，却又垂下胡桃似的肿胀的眼皮，作了一分钟的沉默。

"在事情没有发生的那个晚上，"他还是没理会老朱的问话，迟缓地照着自己意思说下去，"俺就看铁路那边散满了××兵，提枪带袋的。之后，他们就向这边一带房屋里搜索起来。

"之后，就是在这进屋里，他们捉去了像你一样的人。"他用嘴子指了指我，"是一身西装，个子不高的。……他们以为：是读书的，那总一定反对他们。可怜见的。这也只有天知道。之后他们一定要把他拉到司令部去拷问。可是那个人不肯去……之后，这就两个拉着他臂膀，一个用枪托打着他屁股，脚腿……之后，全像老鹰劫小鸡似的，劫出了里口。

"……之后，过了马路，那人可抵死也不肯再越过铁路走去。这自然给打得更凶，给踢得更厉害……之后，子弹虽然没跳出枪膛，刺刀却已经送入那人脚腿里……

"之后，那人还是挣扎着，抗拒着……之后，刚刚挟过铁路，还没走到公园门口，那人就给打死，倒在马路上了。之后……"

他突然收住了这一席无感觉的断续而零碎的话。我倒抽了一口冷气。自然不关那个人由他派定像我，我会遭遇同样的运命。因为在中国的土地上，我看到过不少英雄鞭打革命者的事实。那个抗拒横逆不肯屈辱以死的青年的坚强态度，我是可以想象得出的：灰茫茫的土地，灰茫茫的天，十来只绿色的裹腿，拽着两条西装裤脚；以深簇的眉峰，咬着牙，恶狠狠地发出叫声、骂声，气愤得发抖的说话声，混杂在一片异国的叱咤叫嚣声里，屹然而不动。等到白闪闪的刺刀，热天的电光似的发亮时，一个坚硬的黑影倒下去了……

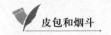

　　我正还没有把想象涂抹出一幅更贴真的画面时，那人却和老朱在谈起十九路军的勇敢：

　　"……一个晚上，十九路军就把他们从横滨路直赶到吴淞路……要不是租界挡了风，哼！那就一天工夫可把他们解决啦！"

　　这一回，我听他把话说得挺顺。

　　"之后，第二天……"

　　他们全躲到这地窖里来。想逃也不很便当，还以为战事一来就可以了结的。

　　"反正穷人命一条，有什么大稀罕。……之后……"

　　傍晚的时候他看到那篱笆后面，来了两个中国兵，贼头贼脑地在往马路外边窥看。

　　"俺一见就知道他们是从水利路来的。俺悄声说：'兄弟别耽在这里给××兵看见，可不是玩儿的。'"

　　"之后，他们没听俺的话。手里两个手榴弹，也就浑身是胆啦！偏要东张西望的，把脸子露出，篱笆外去。

　　"之后，一阵枪响，一个来不及抛个手榴弹，一磕头倒落在篱笆边，鲜血嗤的射上篱笆顶，染成了一朵小火焰。

　　"另一个硼着个手榴弹，之后，回头就跑，却不料子弹刷地追过去，把他兜心胸打出。之后，一个倒栽葱，跌在泥塘里，挣扎起来跑不上十来脚，之后就向前扑倒地面，一命呜呼了。"

"怎么，他们——他们怎么不掷手榴弹呀？"我发急似的问。

老朱这回把嘴唇皮剥得更有劲，索性把左手抱过胸前，撑住了右手肘。

"你可说得挺干脆。匝在这地面上的全是自家同胞。一个手榴弹，没打中敌人，可一准轰炸了咱们老百姓，自己——家屋和性命。这也就叫他们难以落手啦！

"敌人呢，可没那么多闲心事，闭着眼轰就算，管你爸死娘活的。

"总之，在自家土地上跟敌人作战，那已是棋输一着，拳输一手啦！"

这眼前的人，忽然装作懂得一套兵法似的砸了砸嘴，又从袖笼里抽出右手，摸了一把猴子脸。

从这两个兵士，他又跟我们谈到十九路军的作战情形，三十八师的纪律，他的结论也还是这一句：

"人也有好有坏的。军队也有好有坏的。"

这时候，他竟把我们上上下下打量个仔细，然后偏着半个脑袋，说：

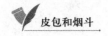

"不是俺说，救了命，要望个好报答。这倒不在乎，"他突然换了一个说家常事似的世俗的口调说，"之后，有一位先生，也像你们一样的。——喏，喏，喏——"他又抽出手往后一指，"今年，我还瞧见他住在那边。……

"……之后，仗是真的打起来了。炮弹轰隆轰隆在半天里发响，土地哗啦哗啦爆炸着，谁管得自己这时以后活得活不得。……

"之后，那位先生逃过来，一起跟我们住在地窖里。

"前面是××兵阵线，后面可有竹篱笆阻了路，往东体育会路那边跑是不行的，要逃也只有越过竹篱笆往水利路逃到中国兵的阵地去。

"可是，之后，又不让你爬过篱笆去。××兵的子弹有眼睛，不打得你一个扑地飞，那真不算一回事！

"之后，一伙儿八九个人全都抖缩得厉害。但这么死守住一块，总不是一回事，法子总得想。

"之后，俺费了好大的气力，把那篱笆开了个洞，我先把那位先生带出。之后，咱们从水利路跑到江湾跑马场绕到杨树浦总算逃出了火线。

"可是今年之后——他碰到我，我认得他，他连招呼也不跟我打一个，我救活了他一条命，他又没报酬我半个子儿，他理应不该那么没良心！"

这猴子脸的人马上尖出嘴巴，仿佛非常生气似的。

"也许他不认得了你啦！"我随口胡扯着。

老朱仍旧像搜索残敌似地剥着他风干了的嘴唇皮。深入地思索，一定在搜索蕴藏在这个人心里的人类底秘密。

"不认得我！哼！"他那红萝卜似的鼻子，窜出了一阵气，"世界上是有那样一种人，用得着你时，他就眉开眼笑的，大叔老哥一阵子乱喊，把你骨头叫得发松，之后，好为他拼命出力。用不着你时，也就一脚踢开你，之后，让你躺在污秽地里，抹着眼泪过日子。"

"这就叫你站在任何事情面前，要用利害来作个天秤。"我几乎想这么说出。可是我又觉得没有为"那一位"辩护的义务，终于缩住，我看到他那怀疑的眼光，在我头上瞟来瞟去。

"嘻！"老朱泄出了一声苦笑。

"呵呵！"我也装个倦怠的样子，打了个呵欠。

"可不是吗？"他倒奋兴起来了，"没了我，之后，他要不像那个穿西装的一样地了结，也一准从篱笆顶跟子弹一齐跌落篱笆脚，像那个掷手榴弹的。

"可是，他现在活下来了。看来活得很舒服，不像俺局

局促促的，还干着老买卖，像一匹地鼠，在黑暗里爬！"

"哦！原来他在像我们一样的'那位'身上，看出了两条必然的运命，不是给敌人用刺刀刺死，便是在敌人的子弹下丧命！——我们可真是无可救药的一群？"我心里这么想着，但嘴里却说："那么，你和他之间，还不能齐心哇！这也难怪洋鬼子要打到咱们土地上来了——还是一盘散沙呀！"

说着，我可带了笑，尖了他一句。

"齐心，齐心也得有个限度呀！"他马上换了个地位站住，仿佛要跟我来一手对打，"他们在跳舞场抱女人，叫咱们在火线上流血，拼命，那可不行。他们向外国银行汇钱去，存款，叫咱们饿着肚子开炮，那可也不行。今朝用得着你时，叫你扎紧肚子，来几手拳头，挣得一个好地盘，明天用不着你时，打落你到黑暗地狱，那也还不行啊！……"

这回，他底声音急速而且宏大，忘却在不必要的句上，带上"之后"两字了。

"唔，那是不行的！那是不行的！"

老朱仿佛已经窥见那个人的心底秘密，随和着他。放下了剥着嘴唇皮的手，在地基上踱了起来。

我也没说什么。那一块像给老鼠啃得有缺角的饼似的后照墙，黝黑而且生冷，风从缺角上吹过，瞿呀瞿的，像谁在吹警笛。

"在今日，在这古老的土地上，卑贱者们已经不是一团泥，得随塑匠们意匠地捏成个什么是什么的，他们有骨、有肉，也有对发光的眼。他们在穷困的生活中崛强，他们在权威者们面前崛强，他们如果真临到敌人的时候，也一定崛强到底。

"眼前就是这样一个人。"我想，"问题倒在我们自己，和我们一帮的！——那想以脑子统治世界的野心者们。"

我怀着"歉仄"，看了他一眼。——他坚定地站着。

"改日再谈呵！"老朱跟他作了个最后的告别，又依恋地看了看屋基的四边。

我们踅出弄头，公共汽车不关痛痒地碾着柏油的地面，驶过我们面前。

不久以后，我们也搬了家。

"大炮主义者"

屋子里显得非常紧张，人们要是突然闯了进来，就会觉得透不过气来似的。空气如同一座磨石，沉重地凝住。

屋子左角，芬卿正在专心构想一幅故事画。预备画在蜡纸上，油印出来，发散给难民去看。画题写在白报纸上：《汉奸的下场》。故事的结构，在她脑子里尽转。她想捉住这故事里汉奸的典型的性格，给反映在他面部上。有时觉得应该给他脑壳上添些皱纹，表示阴险，有时觉得应该画得像个大腹贾：葫芦脸，泰然的神色，一个十足的没脑子的白痴。蜡纸也已经撕去几张，她还不能管住自己的笔，跟想象一致。她陷在死一般的沉默里。

在她面前，有两排桌子，同志们正在用棉花翻入灰色背心里去。每人都铺上一层棉花，再铺上一层，但还觉得不够厚，最好能厚到几尺，方才甘心似的。她们的心里，都洋溢着无限的爱情，如同慈母手制儿子棉衣时似的。即使是年轻得没有可能发生那种母爱的小方，总也觉得每一片棉花纤维里，藏着她一生未曾经历过的喜悦之情。她们全都在心里默祷着，她们的工作，静静地进行着："可敬爱的战士呵！你们用每一滴血来保护我们祖国的土地，我们也将用所有的温暖，来卫护你们的每一滴的血！"

人们感激得不住在酸心，在喘鼻。喜气洋溢的脸上，闪发着两只包住晶莹的泪水的眼睛。"可敬爱的英勇的战士呵！创造历史的英雄，养育我们的，不是我们的父母，是你们！是以自己的生命换取国家的生命的你们。"

严肃的静默，无限地扩张开去。阳台外的法国梧桐，在秋风中沙沙发响，如同一旅军士，整齐步伐向敌人的阵地夜袭，显出肉搏战将要开始之前的严肃与紧张。同时又夹杂着邻屋缝纫机断续的轧轧声，益发衬出这屋子里静默的严肃，而庄重。

四万万五千万条心在齐声跳跃！四万万五千万口气齐声喘呼！

突然，楼梯上发出迫击炮似的一阵响。正在翻棉花的小方回过头跟左手边小陈，低低说了一句：

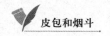

　　"喂！准又是大炮主义者回来了。"

　　果然，不多会儿，门槛上出现了一个修长的影子。长划的脸子上，现着无限的愤激，披散着短发。纤瘦的臂膀下，夹着一叠传单，有画图，也有小册子。她怒气冲冲地用皮鞋后跟，猛烈地敲响着地板，一阵风似的掠过她们面前，把一叠传单，哄的一声，抛在芬卿的案桌上：

　　"怎的啦，老把钉子给我们碰！老把钉子给我们碰呀?！"

　　身子就像塌倒似的，碰地抛下在芬卿左手边那椅子上，锅贴似的紧紧贴住椅背。穿着半高跟皮鞋的左腿，仿佛一枝搁浅船上的桅杆，昂然打斜跷起。

　　"连一个伤兵病院的门都打不开，我们还有什么工作可做呢！——还有什么工作可做！大家赶快停下针线来！停下笔来！停下一切来！回家去！回老家去！静着等着！死声没气着！让敌人的飞机的炸弹，大炮的炮弹，机关枪的枪弹，击穿我们的屋顶，击穿我们的脑门，击穿我们的心，击碎我们的一切吧！———死吧！同归于尽吧！我也不要这个祖国了！祖国！祖国！我那可怜的祖国呵。……"

　　地板接着又是一阵响，那枝搁浅船上的桅杆消失了，修长的影子在屋子里幌了一阵，倒在直到此刻还在静默地运用想象力的芬卿的身上：

"姐姐！可怜的好姐姐，你还在用什么心思呢？我们是被关出门外了！"

瘦削的臂膀，仿佛一只饿鹰，搜过桌面；地板发出哗啦啦的一声，连芬卿手上的一枝铁笔，也被夺去掷在地下滚去了。

"怎么了，卓君？不是你发疯的时候呀！"芬卿回过淡白色的脸，缓缓地说，两只深沉的眼睛，透过白金边的近视眼镜，向修长的影子静静地注意着。

"怎么能叫我不发疯呢？连一个伤兵病院都不能让我进去呀！这是什么打算，是抗战政府呀！抗战政府可是那么样的？！姐姐，可怜见的，政府全不知道我们的心，也不知道那里有我的灵魂，有我心爱的宝宝，有我的呼吸，有我的心肝，有我的至高无上圣洁的情人……他们流了血了，断了臂，伤了腿了，为了祖国，为了你，也为了我，不应去安慰吗？不应该用我们的爱去温暖他们吗？然而，然而，还是第三个的然而……一千一万个的然而，在伤兵病院里，在前线在后方……在无论什么地方都关起门来，都关起门来！……为的什

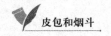

么呢？为的什么呢……唉！我真的要急死了！这么碰下钉子去，这么……"

她说着说着，直说得全身发抖了。芬卿还是静静的微笑着，一边起来将她按住在原坐的椅子上，拍着她肩膀，缓缓地说：

"好妹妹，静一静气吧！救国本来是个艰苦的工程，便是碰上一万个炮弹似的钉子，我们也不应该着急的吧！"

卓君脸子发青地仰看着芬卿，如同被枷锁着的疯人似的发着呆笑。过后，又突然暴跳起来：

"好姐姐，你能静，我可不能静呀！"

"那么你真个是个大炮主义者了，而且是日本兵舰上的高射炮，一见我国飞机影子，便喘不过气来似的一阵子乱放射。……"

"哈哈……罕罕……"

一屋子扬起了哄笑声。这大炮主义者在这场合，照例是张开大口放不出子弹来了。脸色变得更青，淡白的眼光，烂漫地漂浮到屋子的角角落落。最后是闭下眼咬紧着嘴唇，有两条银色的蚯蚓，从她粗大的睫毛间爬了下来。

屋子暂时复归于静默、紧张。

接着芬卿又慢慢地说出一串略带安慰的解释：关于伤兵病院的种种困难情形，不一定任何人都可去慰劳的，尤其是宣传，也许会由激情而影响他们生理上必需的静养。但慰劳与宣传，对于伤兵还是必需的，要有计划，要有分寸，要有轻伤和重伤的分别，一味地拒绝，自然是当事的愚劣，我们对于这座门，还得设法使它打开——

"好妹妹，别着急。我们的抗战是持久的，你那颗热烈的心终会有寄托的地方。……要是你能在一万公尺以上，才开始爆炸，那才是最好的高射炮呢！"

又是一阵哄笑声，屋子仿佛在震抖。

"真的。我们的工作，就是有这样的耐心。"芬卿转向那哄笑者解释，"能这样才可以击落敌人的飞机呀！我知道卓君一定能做到这样的程度。"回头，芬卿又拍了一下卓君的肩膀，"是不是，卓君你要知道伤兵大都是有两种情绪：暴躁和悲观，这是生理的残缺的影响。他们需要的，是娱乐性的安慰，不是你大炮主义的宣传呢。好妹妹，忍耐一点，做你的工作去吧！"

这大炮主义者果然渐渐静下去。芬卿也回到自己案桌旁，继续她那想象：葫芦脸……八字眉……大肚

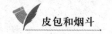

子……还需加上一件马褂，这才像汉奸的长相啦……唔。……芬卿在咬着下唇。

屋子里第三次回复了静默。洋台外的梧桐的响声和邻屋的缝纫机轧轧声音，渐渐增高，成为一种压力似的，封住这里的静默底外扩。

卓君叹了口气，走到自己工作的案头去。因为出身在地主的家庭，她从来也没有用过针线，不能缝纫背心，她担任的经常工作，是将一块木头的方印，盖在一块小方白布上。那木印刻着"努力杀敌，抗战到底！并祝兄弟们康健！"三横行祝词，印在白布上，预备缝在背心里的。她一张一张地印刷着，她的心又一递一跳地跃动了。她沉住气，一连印上了二百张，她再也忍耐不住的又叫了起来：

"姊妹们，我们是用最大的祈诚来信赖我们抗战的领袖，我们的实行抗战的政府了，但终究还有谁——谁还不信赖我们民众呢？我们的思想，只有一个：抗战。政府的路也只有一条：抗战！把我们炸成灰，磨成粉，怕也不能在我们灰粉里找出'抗战'以外的成分！我们是偿付了最大量的信赖了，竟还有谁，不相信我们呢？——互信呵！你怎么竟像个流浪的败子，总老不回到我们这土地上来呢！……"

翻棉花的一排桌子上，开始又浮起低低的嗤笑声。这声越低，仿佛给"大炮主义者"的压力越大。

"不是可笑的事。你们别再奚落我了，我说的是真实。一百个真实，一千个真实。"卓君一边继续盖印，一边颤音地说，"也许我是个疯子，是尊大炮，但疯子的话，正是现实的反映！大炮的叫声，正是压迫的反抗！用相互的批判，来消除这猜疑不更好么？为什么要老叫我碰钉子，要把我们关出门外呢？……我但愿，我但愿这木印子，这一小方的布块，带去我的心，我的爱情，和每一个可爱将士联结起来。我给你们一千个吻，一万个吻，一千个安慰，一万个安慰。带去！带到前线去！还带去我一万滴眼泪去……我是想死你们了，爱死你们了……"

于是，她又突兀地站起，在每一块被印刷过小白布上，接上一个热烈的吻，终于弄得满嘴都是红色的印泥！正在静静地驰骋想象的芬卿，这时也不得不在众人哄笑声中抬起头来，一看到卓君这种发狂的举动，她也禁不住高声地笑了。

"卓君别那么疯狂，你的爱是伟大的，但工作却更伟

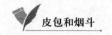

大！"芬卿静了一下自己，又说，"也只有工作能打破别人的猜疑，打开一切的门！多印几张布片吧，快去洗净嘴脸来，别老使那大炮的狂气了。"

众人接着又是一阵狂笑。卓君茫然若失地站住，咬了一下牙，全身通过一阵紧张，悄悄地退到这屋子的后间去。那是她的卧室。她在那里呆了老一会。她躺在床上静静地想，她终按不住心头那种火一样的热情。她想哭，她也想叫。明知这哭叫，于实际无补，但她想不出更实际的办法。她终于想出自己也梦一样的过去：在一静僻的乡村里，好山水带来她一种对自然的向往，她又把这向往之情结合在一个男子的身上，那便是她任事的那学校的中学部教员，一个没有比他再崇高，也没有比他再英爽的男子。他是她的天！然而她是这学校小学部，幼稚园的卑微的教师。这中间有个极大的距离。她怀着一颗隐闷的急跳的心，足足过了一整年。梦有时会带她跟他在山边在水涯，挽着手在徜徉。梦有时会带她，跟他坐在小白划子里在湖上荡漾。而梦有时也会带她投入他的怀抱里，让她撒一个弥天的大娇，倾诉着衷曲，流泻着欢喜的泪，而终于——梦也有时醒了。一整年的梦醒了！她发现那崇高的天，并不照临着她，而正对这中学里的一位女同学，展着光洁的笑脸。她经过三个晚上不眠的思索，终于第一次用怎样热情的笔，对他寄托自己的爱情。然而，她遭遇到无比凄惨的回答，直到第十次，也没有见到只字。他将她的爱情，作为对另一女子抬高自己的爱情的声价。她悔了，也病了，病中她觉得自己对自己的心事，总收得太紧，没放得更远，她要放开自己灵魂，她从此便变成歇斯底里了。——为什么一个女子的爱情一定要寄托在一个男子身上呢？现在由于芬卿，她觉悟过来。芬卿叫她爱这国家，这民族这广大的人类。芬卿的话，对她是有力的，在任何场合，她有不得不屈服之势。但她一受挫折，又觉得热情无所寄托，她想哭，她想叫，芬卿又时时阻止她哭和叫，她将怎么办呢？

从床上起来，她靠在桌旁坐下。她拿起笔，开始百无聊赖地书写。突然她脑子里一亮，她回复了写第一次信时的那种热烈的心跳，写下了一封信：

"我最最敬爱的兄弟，我愿以火一样热烈的心，和你们铁一般的意志结合起来。你收到这一件棉背心穿在身上，就如我卫护着你，使你不受敌人的炮火的损伤。我是一个女子，我只望一个英勇卫国的无名英雄做我终身

伴侣。你如其得胜回来，你就有娶我的权利，凭着这，就是我的誓言！我决不会欺骗你！我等待着………"

搁了笔，念了遍，她觉得有点羞愧，但也觉得舒适了，仿佛自己的身心什么都有着落了。她再在末后注下了一行：

"你未曾见过面的爱人黄卓如。"

她于是悄悄地把这纸头折好，揣在怀里，从缝纫室里拿来一件棉背心，向同事们借一付针线，尽自做起活来。同事们都吃惊地看住这大炮的镇静态度，艰难地把盖过印的一块小白布，缝在背心里面，空了一角，缝得像个口袋似的。接着同事又看到她把一封信塞在这里面。

屋子里仍旧保持了严肃的静默。她含笑地向芬卿瞟了一眼，她觉得更舒适了。

法国梧桐上，透来知了的叫声。天地充满了秋意，它是严肃的反抗！

然而她期待着一个胜利的梦！

"为人在世"

"嗳嗳！这是一等一的时髦货色。可不是，为人在世，总得讲时髦呀！"

我每次上同乡阿七的铺子去，总听到他在这么招呼主顾。我一边羡慕他那付殷勤的工架，一边却从他灵魂深处，看出他父亲的影子。

是我们乡间市集上顶出名的"秤主人"——他的父亲。说起"秤主人"这名词连我自己也有点生疏。市镇并不大，一月里逢三、逢六、逢九，便是集市的日子，远近的鲜鱼蔬菜小贩，都到我们村上来赶市。全都不带秤，也许不准带，买卖得过他手。他运用他的"秤杆哲学"，叫买卖双方都满意。上秤时，把秤锥绳子往后一拉，扬了扬手，秤尾往上直跷，不数秤花，随口唱出价钱："六百四……"自然，也许是"三百二……"全凭他的心做主。

"你别笑我马夫。"有时他也发发议论，"做买卖的，一句话说完，是讨人欢喜。一斤算的货色，秤花你不妨打在十二两上，秤尾总得翘得高。合实来，轮推磨转，那就两不吃亏，自然咯你还得看风使舵，估量那买主的'头寸'。"

阿七就从他父亲这种"秤杆哲学"中长大，但没有继承他父亲这门行业。

其实，叫他阿七，那是不很恭敬的。据说是他娘养他出来时，仅仅打了个喷嚏："哈——欠"一声，他落地了，于是谐音命名"阿七"。可不是因为他是第七胎。娘是早过世的，阿姐管教他不很留心。父亲须上市做"秤主人"。小时候鼻涕满面，记住娘的遗教：也常常"哈——欠"过日。

"秤杆哲学家"毕竟高明，把阿七的运命往秤杆上一秤，觉得继承这根秤杆子不是出路。也就让他在小学里读上四年书，放他到上海来"发洋财"了——说穿来，不过往一家提庄里送，当小伙计。

但"秤杆哲学家"也还虚心，阿七出门前几天，招请个瞎子算过命。这瞎子也真的婆口苦心："五行排来缺分金，阿哥出门多苦辛。"这叫"秤杆哲学家"苦恼了。

然而，中国人自有让灾避祸的古法，取个压压命根的名字吧！阿七就变作了"旺金"，现在阿七自家开了一家服装店，也算是个场面中人了，谁还敢不叫他"旺金先生"呢。

我并没有心写旺金先生的家传，这样的写下去，那是有伤大雅的。但乡里人实际上还更刻毒，当面碰到，自然是一副软骨媚态："旺金先生！旺金先生！您好哇！今年一年又赚了万把。""那里话，那里话，吃过用过，剩个家伙。咱们是苦掏苦撑！"瞧这情形，可真打得一团火热。转了个背，斜瞄的眼光，就送着他圆桶似的影子远去："哼，马无露草不膘，人无横财不富。提庄老板倒了，不知怎么一手，他就开起服装店来了。"意思是说，阿七的财富，来路有点不清。

我呢，老实说，实在也瞧不起我们的"旺金先生"。在小学里同过学，念"天地日月，山水土木"，他就没有我响亮，而且正确。年考榜上，我总是打"龙头"，他总是打"龙尾"。可是这位龙头先生，虽然没有叫瞎子算过命，却命里注定该"卖文过活"。卖文而可过活，天下本无此理。一家大小，张着口，不得已只好上阿七的门去，表示这是"他乡遇故知"，总得想点办法。

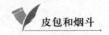

"我总以为书是应该读，但不必太多读。"阿七那种软糖似的性格，碰到这穷"龙头先生"，总是皱眉头，"读书人顶要不得的脾气，就是不把钱看在眼里，拿来化光，总还是干买卖时髦一点哪。"

"龙头先生"自然没有话说。反正两下里"心照不宣"，他从荷包里挖出钞票来。一张，两张，拣着，选着，交给我几张破的钞票。

"慢慢慢慢，"我还没有把这破钞票拿定，他又连抢带夺收回去，重新数上三遍，嘴唇随着钞票的翻动启阖，"一二三四五……一二三四五……"偶然发现张半新的，他又拿回去，往荷包上找张更旧的替上；荷包里没有，就上账桌上找；账桌上没有，那么——"就少一张吧！下次补！下次补！"客客气气把我送出门了。

我并不挖苦他。上海之大，阿拉同乡之多，真如牛毛，然而"故知"却只有一个。在我是只有感激的份儿，"图报"可不必说了。

大中华民国二十六年八月十三日，这该是如何值得大书特书的日子。在这一天里，"龙头先生"还梦似的躲在虹口一幢小屋子里，背后一条街上，已经乒乒乓乓的打起来了。"龙头先生"可是还泰然——还在想"卖文过日"的方法，在屋角里踱方步。但支撑到了晚上六点钟，终于不得不打着"龙尾"，跟随如潮的人众，"将妇挈雏"跑过了苏州河，暂在一家小旅馆里安顿一下。这自然又少不得"遇故知"去了。

"真的非打不可吗？实在可以不必！实在可以不必！喝！我们怎么做买卖呀！"

他这回第一次跟我谈起国家大事来。

我自然是个"主战论者"，但也肚里明白：此刻确非"舌战群雄"的时候，连店堂里六个伙计的眼光也在发绿了。

"自然，您也知道咱们做买卖的困难，"旺金先生的圆胖的脸上是一脸的阴暗，"打仗并不是时髦的事。你可什么也没搬出来。这真为难！这真为难！好在咱们是……唉！唉！……"他叹着气，那只美丽的手又探到荷包里去了。

这回是交给我十五张单角票。

我也没有多工夫上他铺子去。差不多有一个多月，我像着了疯似的在"救亡先辈"中间混。一天中上，他突然找到我办事处来：

"啊！你好！忙得很！"旺金先生看看一屋子转着的

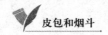

人有点发呆了，连声音仿佛也有点颤抖。他悄悄地挨近我贴着我耳边说："我有一句话———一句话跟你说。"他向四周碌了碌眼，"请你跟我一道出去一趟，行不行？"

那是无法不遵命的。我就跟着这比我有两倍阔一头高的影子，挤出到门口，在走廊上，他立停了。

"打得好！打得好！着实应该打！"

他首先对我称道一番，仿佛我就是个全武行的打手。

"嗯嗯！"我回着。

"这里不是救亡总会吗？"他瞟着一眼，手指指那阖上着的办事处的门。

"嗯嗯。"

"你也给我入个会，我想救国呢。为人在世，是不得不救国的。"

这回吃惊的，倒是我。足足有那么三分钟光景，我打量着他。他伸伸那和下巴分不出界限的脖子，渐渐露出严谨的神态。我回说：

"行呀！可是，这里不是你应该参加的团体。"

我于是用了一番"说服"的功夫，解释"本位救亡"的意义。

"行呀！"他也挺有光彩地说，"那么就让我加入职业界救亡协会去好啦！"

　　我允许为他介绍，但我却也声明自己作不得主。

　　"这笑话，这笑话，你别太客气了，你还作不得主吗？只要你一句话，'马到成功'！"

　　我又给他解释一番，他才"哦"了两声，仿佛领悟了。

　　我们重回到屋子里，为他写一封信，他非常勉强地接受了。但又拉着我挤过人堆走出门去。

　　"救国总得有个名义，你不能给我一张委任状吗？"他突然又回过身来，站定，向我询问。

　　"这怎么成呢？这里是民众团体，不是政府机关。"我皱了皱眉说。我心里划算：咱们的"旺金先生"，盖还有待于"说服"也。

　　"那么，"他迟疑了一回，又支吾着说，"你也得在信上给我批上一笔，让我弄个把委员做做。咱们做买卖的就缺少一个头衔。做过一任委员，少不得也得在祖祠上挂块匾。"

　　真也没有办法，我怎么也想不出适当的措辞，回复我们的"旺金先生"。显然，他从我的迟疑中看出我的为难了。

　　"不要紧，不要紧，你不是不够钱用吗？"他那只一

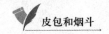
向被我看作美丽的，这回却变成丑恶了的胖手，快速地向荷包里插，拿出四张五元的新票子说，"这两张是给你买香烟吃的，这两张就算作运动费吧！……"

我几乎要笑出来。然而请想一想，一个远离祖国的灵魂，要投回祖国的怀抱里来，这是如何庄严的事，我怎么能笑！但我也没有理由接受他的好意，只有谢绝。但在另一方面，我却又猛然想到历次欠他的这一份债，是必须还清了。

"这可不必。你姑且拿我这封信去试试看吧，我也不必在那上批明了。"我回说。

打发他走后，我一直没放下过心。有时，在紧张的工作中，也突然会记起这位"旺金先生"。——一个圆桶似的影子推磨似的摇过来了。有一回，我碰到职业界救亡协会的负责人，问起了他：

"不坏，这大胖子，很肯干，服装业的组织也给他弄成功了，他做了那组织的主席。"

"主席！"我吃惊地说，但接着不免一笑。"主席"自然比"委员"还高一等。"不过，你们得好好地指导他——我以为。"我对那位负责人郑重地托付了一番。

"很积极呢，救国公债推销了不少——有力量！"他说了后，也就走了。

百忙中拣了个空，我又上"旺金先生"的铺子去。完全改了样，排门全上着，只留半个门出入。他非常高兴地迎接我进去。

"为人在世，是不得不救国的。"他劈头就这么说，"你们读书人真看得明白：钱财有什么用，名誉要紧呀！像你，嗳嗳，真是咱们尚书太公以后的第一个人！一等一！连我在职业界里混，也沾了不少面子，真真是'谁个不知，哪个不晓'！我呢，恨就恨，少读几句书，只能弄得个小主席当当，但是，还凭着两个钱的力量，出了三百元的救国公债呢。想起来实在有点肉痛……"

我自然称赞他慷慨，而且鼓励他爱国的热情。

"真的。"他马上抢过去说，"为人在世是不得不爱国的。中国跟日本鬼子打，一定会'得胜回朝'。我已经懂得了救国的窍门……我们必须牺牲个人的利益，保障民族国家的利益！我们必须坚持抗战争取最后胜利，我们是为民族的生存而战，为世界的和平而战！……"

确实是进步了，我们的"旺金先生"的身上，再也寻不出"秤杆哲学家"所遗留的痕迹了。

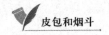

　　国军撤退以后，我仿佛生了一场重病，足足有半个年头不曾在街上跑。生活又回复到战前：还是"卖文过日"。其间也曾跑到"旺金先生"的铺子去过。门面一新，比战前还焕发了。可是没碰到他，不是出门去办货，就是上旅馆打牌去了。大概是第四趟吧，我终于遇见了他。

　　"啊！你还没有离开上海吗？"圆胖的脸上张着两只电灯泡似的绿色的眼，"那可大大的不应该，大大的不应该，为人在世，总得看风色呀！"

　　我自然只好"笑而不答心自闲"了。抽着他递给我的香烟，隔着烟雾看他那橱窗里的童装，真个是"琳琅满目"。伙计们招呼着生意，提着衣服向我面前走过时，我才认出那些衣服的质料全是人造丝的。

　　"不少是日本货吧？"我有意无意地问。

　　"嘻嘻，"他回过身来对我说，"那有什么法想呢。生意总得做。我不卖，别人也是要卖的。一个人抵制日货，有屁用。马马夫夫！"

　　说着，门外闪进一个影子，他马上上去招呼。

　　"老主顾，老主顾！"递上了一支香烟，"前回那票货色，你叫我太吃亏了，隔壁生成号，是五角一码进货，你要我六角半，这样做，太不够朋友了。为人在世，总得讲交情呀！"

那进来的客人拍拍他的肩，咬着他的耳根说了几句，哈哈哈地笑开了。

"这票货色，花样翻新，你准得大批划进，便是不制童装，换上个商标，运到你乡下去，包你捞本赔利，净赚一万八千。……"

"哈哈，吃烟！吃烟！"那人的香烟还不曾烧完，他可又给他接上一支了，"那么一言为定，明天看货色，年底谢年我准叫你坐上首位。"

他们这么嘻哈一阵，分手了。旺金先生回过身来，在店堂里旋了几转，叽咕了伙计一回，忽然像发现新大陆似的又瞧见了我：

"啊！对不起，对不起！忙得要命呢！"慢吞吞地递给我一支香烟，"无事不登三宝殿，您总有点什么事吧？"

他突然用从来不曾用过的警戒的语气对我这么说。

"老实说，"他坐下在我面前那躺沙发上，左足交在右膝上，跷得像支桄杆，直指着我的鼻嘴，"这回我是看穿了。我当了两个月主席，差不多'全本进账'的知道

救亡工作人员，全都只知道争权夺利，哪有像我那么慷慨，一捐就是三百。你想，这样的人物，能跟日本人打得下去吗？打不下去的，还是赶快收场，让咱也好平安做买卖。"

简直是对我的侮辱，便是卖文我也得拣择一下那老板的背景，我是不会对他屈服的。

"阿七，你这是什么话！"我直呼他的小名，吼起来，"你是不是愿做亡国奴？你，你……"

像我这样自以为颇有把握的口才，到这时竟也气得说不出话来了。

"那么——那么！"他马上堆下笑脸站起来，"那么是我说错了吗？咱们是自家人，有什么说不开呢！别生气！别生气！"

一店堂全都是发绿的眼光。

"妈的，瞧干么的？"他回头对着伙计，"再不好好招呼主顾！"

绿色的眼光全都收回，泛起了一批黑发。

"其实呢，国家大事没我的份儿，我也犯不着管它。"他又坐下在沙发上，弹着烟灰，"为人在世，吃点穿点，棺材板薄点，也就算了。不过既然打起仗来了，国家犯上了我，而我又加入了三百元的股子，我也就要说话了。……"

"那么，你以前为什么要'救国'了呢？"

"因为大家在救国。"

"那么你现在呢？"

"因为大家都讲生意经了。"

"你可不看报纸？前线将士，后方民众……便是在这孤岛里。……"

"看看！报纸我着实看。"他拦断我的话，"比如像汪精卫，我就第一个赞成。这么打下去，总该有个人出来讲和呀！不过也不要紧，只要不再打到上海来，咱们还可做买卖，是不是？"

这是一条风干的软糖，硬化了。抱着"说服主义"的我，已经是"黔驴技穷"了。我起身告辞。

"慢慢！慢慢！自家人有什么不知道呢！"他按住我坐下，又从荷包里挖出一叠钞票，挑选起来，挑出五张破的，塞在我的手上，"实在也没有办法，生意虽然好，利子是薄的，你我是自家人，你别到处给我去张扬，说我当过什么会的主席……这个使不得，会要脑袋搬家呢。……"

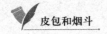

我的手忽然发颤了，仿佛抓住了一块血淋淋的肉！——湿黏黏的，冷的！我把这破钞票往桌上一掼，昂然走出了门。

"慢慢！慢慢！嫌少可以说的呀！为人在世，总得随和一点，哪哪！再加一张……再……"

我不再听到他的声音了。

朋友，"旺金先生"的故事，我只好写到这里为止了。他没有死，活着；以此作为家传看是不对的，就算作是小传吧。可是，你别悲伤。咱们之间，有"旺金先生"其人，也不过像政府里有汪精卫罢了。你瞧，他多么脆弱，娘一个"哈——欠，"养下了他，"为人在世"起来了。那么，让我们一个"哈——欠"，吹走他吧！

白鹭

前些时候，我在某报编辑副刊，并非"试办"，不过"帮忙"；时间也不久长，兴趣倒还可以，翻翻各种来稿，看看不同世态，大可"三月不知肉味"。其中有一件来稿，觉得极可珍贵，也就窃取下来，预备作"登龙"资料。下面抄的就是。文字略有删改，情绪却保原样。欲登大雅之堂，要算文艺作品，大概非如此办不可吧，题名《白鹭》，起意于首节，二月末夜，巴人附记。

一

再也没有比看到白鹭那样的苍凉了。

在寒漠荒江之中，疏疏的芦苇之下，屹立着一只修长的白鹭。四野寂静，夜月照空，江水无声的流过脚边，昂燃仰首四瞩，不知置身何处，既不能高飞远去，

又不愿长潜水底，有生如死，呜呼！呜呼！

而我竟如这样的一匹白鹭！

二

炮声是远去了，而且带着市民的狂热以俱去了。

日子提着黑脚，一步步向我挨过，是那样沉重，然而又那样轻。沉重的黑影压在我的心上，轻轻的足音，却雪一样融消于无何有之乡了。我难道如此老去？

我又要诅咒我的柜头生涯了！终年守在这柜头旁边，所为何事？所为何来？

一切仍如旧观：潮水似的来，潮水似的去，西装革履的是男，涂脂抹粉的是女，拣新挑旧，论长道短，然而，这却是我的顾客。经理说，接客要和气，于是我还得赔上一付笑脸："先生，小姐，（照例不得称太太，免遭意外斥责。）嘻嘻嘻，这是上好的货色，一九三八年的顶时式衣料！嘻嘻嘻！"

吁！我将在嘻嘻嘻中送走我的青春！

三

以是我还不如荒江中的一只白鹭。我没有让我静默片时的权利。

想起了故乡：在沙汀上，竹筏载着一群灰色的鸬鹚，渔夫撑筏顺水而下，一至深潭，将长竹竿掠着鸬鹚入水，瞬息之间，鸬鹚压入水底，水清，鸬鹚逐鱼之影可见，鸬鹚得鱼，上浮水面，或嘴上横衔，或喉管直梗，渔夫马上又将鸬鹚引到筏上，箍住它的喉头，要它干脆地吐出来。……于是满篓盈篮，渔夫提鱼入市求售了。

我就是这掠鱼的灰色的鸬鹚，然而谁箍住了我的喉头呢？我吐不出气来了！……

四

不许看救亡刊物！不许看报！

早晨六时，自部长以下，课长以上，协同巡查，把门搜查来公司办公的所有职员——身上有否夹带报纸和刊物。理由是："妨害工作。"

我苍茫地站在柜头上终日，我诅咒打扰我的哀思的一切顾客！

五

宿舍也给搜查了！呜呼！

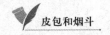

六

"我们为爱护中国资本，不至横遭×人的摧残，我们不得不肃清内部，使×人无法借口，而这也正为维持你们的生计……"

部长们安定人心的劝告来了。然而，可悲的生计呀！在宿舍里给搜查出《团结》周报的小陶，是被革职了！可悲的生计呀！为什么这运命不临到我的身上。

我记起出门第一天娘的话："吃人饭，受人难，安儿，耐心是第一。"——一个孤独的龙钟的娘，这声音，恰如风铃似的在我耳边响着，我能抛撇着声音吗？我不能接受小陶的运命！

七

陶镇遭炸了！娘呢，娘的信息呢？……

我祈祷着：留下我的年老的娘吧，老天！而且，我那年青的妹妹……

我躺在床上，在黑暗弥漫的宿舍中，张着眼，祷告着！娘呵！娘呵！……围护着我，愿你的爱，鞭策我，使我有力量！

八

我也想到前线去。人反正有一天死，我不愿老死在柜头旁边。我太没有学识了，我还得受训练。

那是多么悲壮的行列：背着枪枝，整齐步伐，唱着少年先锋歌，昂藏地开上前线！杀呀！砰砰彭彭？拉拉拉！轰！轰！……炮火与热血的洗礼！

然而，我还是白鹭似的干站在柜头旁，看人来人去。

为什么他们能活得那么飘飘然，而我却度日如年，不安，焦躁，成为我的最好的伴侣了！

九

非到前线去不可，这里是什么的生活？我是帮助×人在杀我们同胞呀！这是绝对的真理。报上说的话一点也不错。

小张对我说，公司里近来新进了一批货色，全是劣货，却改换了牌子，冒充国货。而这又从我的手里，交给顾客，收下他的钱，又让公司去买劣货。我竟变了个"劣国"铸造枪炮的上好的能手了！

我在杀人！我在杀人！而且是在杀我的同胞！……

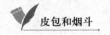

然而，我也仿佛拿了一柄剑，在戳我的心……哎唷，娘呵！……

一〇

什么？什么？我全身抖动着，我全灵魂抖动着，展开了伯父写来的信，而信纸也在抖动了……索索索……看不清。

每个字都抖进我眼里来：

"……倒不是炸弹炸死的，受了惊，就这么的病上一月，死了！……"

是真的事吗？这这，这会是真的事吗？也许是伯父害死娘的……然而，他愿意接养我的妹妹吗？该死，猪的想头！

一一

泪干了的时候。悲哀也就不为我所有了。

我得回去。然而，封了航，我不能回去。我再也不能有一次拉着干瘪的娘的手，叫一声："娘，我回来了。"

妹妹呢？……

一二

部长叫我去，吩咐了一顿：

"那样是不行的，老呆着一付嘴脸，没些儿笑容，那个顾客爱看你生气。娘，死你的！管公司鸟事？公司叫你来干事，不是叫你来发呆。"

我明白：这也是真理！是残酷的真理！

我又听到第一次出门时娘的嘱咐了。那风铃似的声音："吃人饭，受人难，安儿，耐心第一！"现在我得为了妹子，活下去！

不能！我得为自己活！为国家活下去！我要活下去！奋斗！

一三

来了个矮国里的仁丹须，挟着一大包书，陪着个翻译，跟咱们部长叽咕了一阵，陪向经理室去了。

打听了的结果，是买地图来的。很滑稽，倒开发票：在一本簿子上，写上公司名字，要你盖章。十元大洋一本。

经理室文牍对咱们部长说："地图倒印得挺好的，纸张印刷全都很考究，十元钱值得。只是中华民国国旗改

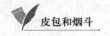

了五色旗，不免有点夸张。"

咱们部长倒不以为然："这是最大的侮辱！"

"那有什么关系，就让他们在纸上画画，难道真的会把我们国土画了去吗？而且照实说，也已有几省沦陷了。"

我恨不能杀了他！这超然的没国籍的奴才！

××公司，就是他的国籍。

一四

鸬鹚为主人而杀鱼，我为主人而杀同胞。……我的国籍呵！

一五

人就苦于没有武器。然而发了疯的农人，却会很巧妙地找出武器来。

娘对我说："你的外公是发疯死的。那一年，旱荒，赔不出租，地主催讨得急，错了心，疯了。深夜跑到神庙，把甲牌和神刀，锈了的神刀，一手一件地背上村来了！在村子裏足足闹了一夜，闹得全村子六神不安。第二天，给村里好汉捉住，用木架把他手足拷住！这么一天天胡乱地哭，叫，过着日子，也就跟他旱田里的稻，一天天卷烧下去似的，瘦成条铜丝了！终于，在一个晚上，大叫了三声，吐了一碗血，再没有气送出口来了！"

然而，我的锈了的神刀呢？

还是站柜头："嘻嘻嘻，这是上好的货色！"

一六

终于做了一桩善事。

今天一位衣服朴素的姑娘来买花标，我趁左右没人，告诉她说："小姐，这是劣货，你可别买呵。要末，还是买这一种，罗宋货。最好自然是那种，国货。"

她脸上漾出两个酒涡。黑溜溜的眼光，直射着我。

"对呀！我正要想问呢，但你们公司里为什么还进努货？"

这姑娘声音太响亮了，老高走了过来。向我瞟了一眼。

一七

唉！唉！没心肝的！没心肝的！我被告发了！部长训斥我一顿！部长说："现在上海是什么世界？我不是不爱国，我也主张抗战。不过不应抗得太凶，你这样抗法，是抗到老板头上来了！这便是违反劳资合作抗战国法。"

我没有话说。我总有一天会回过头来向他吐一口唾沫！

一八

年关要被汰淘，大概是没有问题了。我不知写了多少信，要求报馆里先生援救我。我要到内地去。为了娘的死，我也得到内地去。

"如其你们不能使我到内地去，那么你们叫什么'到内地去'的口号呢。活见你们的鬼！"

我昨天的爱的美敦书终于这样地寄出了。

一九

还是没有回信。我绝望了！明天！我要把日记寄给他们看。再附一封信去教训教训他们！

这回是，我只听到窗外凄厉的猫的哀鸣了。猫呵！你是不是在黑夜中找不到你的去路呢！你伶仃地踯躅在屋脊上，你将归宿何处？

惊梦

"啵"的一声，一辆黑色的福特汽车，停下在福利轮船公司的前面。然后车头的门轻轻的打开，跳下一个穿黑袍子的大汉，向马路的人行道上闪电似的射出眼光去，于是回身打开了车厢的门。

福利公司的看门巡捕印度阿三，也敏捷地从台门石阶上跑下来，揽住门前人行道上的过客。

车厢里攒出了一个高瘦的人。

这是包世华先生，震东轮船公司的经理，其实也就是老板。

包世华已经是个古稀的人了，精神倒还矍铄。方脸，紫灰色，高颧骨，八字眉，倒挂眼，而又阔嘴。嘴左角一颗黑痣，看相人断定他福气：一生衣着无亏。现在黑痣上已长有一根白色的银须了。

黑袍子大汉护翼着他。他跳下了汽车，很快的横

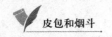

过人行道。然后，一步一步地拾着石级上去。黑袍子大汉，还是像座障蔽物似的护翼在他后面。

印度阿三仿佛已经完成了他的警戒的任务，马上又很快地奔向台门去。满脸堆笑，打开斯百灵的大门，迎接着包世华先生。印度阿三那付乌黑的眼珠，发出晶亮的喜悦的辉光，往略微偻着背的包世华先生的身上滑溜。之后，它又落在那黑袍子大汉身上，和大汉的圆突的眼珠子的眼睛相接触了。相互递个会心的微笑，仿佛在说："哦！平安了！"

这世界的恐怖的黑手，剜着这一对中年人的心：为养活自己，现在需要以生命去保护别人的生命了。

包世华先生进了台门，黑袍子的大汉就在台门边一条长凳上坐下来。吐了口气："呜——"抹一抹广阔的额角，仿佛在捏汗。

在福利轮船公司的经理室里，包世华先生坐下来了。沙发似乎太过低了点，包世华先生把腿子像旗杆似的交叉着。

"真的，不幸得很，不幸得很，倒底怎么一回事呀？"包世华先生把八字眉直提拉到眉心，慰问似的说，"我一看到报纸，我吓了一大跳，不知怎的，心里就为你们难过起来，所以，我……"

"其实，这也没有什么。虽然是有点意外，但也实在是在意料中。"福利轮船公司的经理唐安谷说。他是个胖子，一个沙发就给他填得满满的。照他生理的构造——一个高突的肚子，那是应该坐得像弥勒佛似的。但来客是包世华先生，这孤岛的一等闻人，也就不得不湾过背来，委屈一下肚子了。因之他说话有点艰难，气咻咻的。

"但怎么——怎么会给他们钉到梢呢？"包世华先生的脸子渐渐幽暗下去，仿佛这种事一想起都感到可怕。

"钉梢？世老，这真是！"唐经理颤着两片过多的颊肉，"他们有的是兵舰大炮，我们有什么呢？——一面旗子。"

"这原是不错，不过——"包世华先生扬一扬眉和眼角，"偏偏会寻上你们，这又是怎么一回事？这样一来，你们的老板可还受得了，公司不就要关门了吗？"

真是一桩可忧的事。唐经理呆了一呆，连招待来客的一付应有的笑脸也收起了。

"但现在的事，也只能做一天算一天。"唐经理又觉得坦然，"火烧屋子整个光，留下条破被单有什么用。现在我们在上海，是在当华侨。什么保护也没有哇！世老，

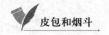

你说是不是？"

包世华先生几乎有点吃惊。这年轻的经理似乎太达观。三只的轮船虽然小，但全都被捉了，这损失并不少。二百万，不是一个梦就能得到的。唐经理竟一点不关痛痒，莫不是通了那边人？

"唔！终究不是自己做老板，也就大意了。"包世华先生还往厚道处着想。

"世老，你以为我幸灾乐祸？一点也不。"唐经理坐得不舒适，站起来，在写字桌的横头来回的踱，"现在是外国牌头也靠不住，凡事总得讲自己力量。可不是，您说？十家外国报纸，倒停了九家半。想拿着个牌头来作挡箭牌，现在让那牌头压上了自己。世间上是吃硬不吃软，外国牌头有屁用？"

"那也不能这么说，那也不能这么说。"包世华先生觉得今天的唐安谷简直是个过激派——是个鲍尔什么克了，"你的年纪太轻了，我活了一大把年纪，难道不知道：中国人没洋人是兴不起码头的。这回事，唉唉！还是你们老板运气太坏了，凑了数。"

唐经理这回没作声，轻轻的踱步。影子在包老先生面前幌，有点叫他头晕。经理室外人声像窠蜂嗡嗡嗡闹成一堆，自然是惊恐、着慌、议论与悲愤。

"八一三"打仗一起来，海岸就遭了封锁，中国轮船全没法进出口。福利公司是内河船，震东公司却走的北洋班和长江班，营业上素来没竞争。包世华就觉得唐安谷特别可爱。人是能干又利落，满肚子是"阳气"和"笑料"。打仗开初，福利公司还可在中国兵的防卫线内航行，震东公司可遭了殃。这自然不止他一家。

"硬挺！咱们是中国人，要争这一口气！"包老先生在同业会议上是曾经发过这样的议论，"我们决不能屈服，也不能让他们俘了去送兵运粮；咱们宁可不做生意，决不能屈服，挂外国旗！"

人们听了包老先生这句话，自然觉得极有理，也只好打叠起收盘……

"世老，你这话不错。"唐经理站在包老先生的面前，用左脚支住全身，让右脚歇歇力，斜倒下左肩膀，"你总是开风气之先。这回挂外国旗，也是世老第一个唬！……"

"这，这，你别以为我抢生意做呀。"包老先生紫灰色的脸，映上一层暗棕色，阔嘴嘻了开来，有点颤，"我是眼看得上海拥满了人，逃不得生。不得已，只好我来冒

险，当牺牲品。改做意商，挂着意大利旗子开出去。"

"是呀，世老！咱们是靠得着牌头就靠，靠不着，拉倒，完蛋！这有什么怨人的，是不？"

"不过，这回总是走了歪运，怎么当初你们不找个加门人或者意大利人呢？"包老先生的口气里显得十分惋惜。

"这是咱们公司小，靠不到大牌头呀！"唐经理这回坐下在太师椅上了，面对着包老先生，"一个内河轮船公司，好拣便宜货总拣便宜货的。这回要走沿海，没法子，碰到个挪威流氓，也就给顶上了。远来和尚好念经，咱们以为外国牌头总是一样。别人不走落坂运，也轮不到咱们！"

"那么，交涉得怎样了呢？"包老先生郑重地问。

"交涉可不容易哇！"唐经理连身带椅地转了半个圈子，"船没进吴淞口，就给钉梢住了。一进吴淞口，却逼着要向日清码头开。犯了什么规，藏了什么军火、游击队，这话全只好让他们说去。可不是？现在提出条件来，说是要贴上个'狗皮膏药'才能'救命'。"

"什么？"

"还不是亲善提携，加股子合作！"

"这岂有此理！这岂有此理！"包老先生突然站了起

来。虽然他明知道，他们会来这一着棋子，但他还不得不装懵懂的说："无论如何，这是不让他们开例的！这万万使不得！这例一开，中国人财产不都是他们的了吗？我们是走在海上，一溜就走，不像厂家似的登在陆上，要搬也搬不动呀！"

办事室里一窠蜂似的声音也哄得更高。

"而且，我们政府——"包老先生的声音有点颤，但是沙音，"正在抗战！我们要拥护到底！政府争国格！我们要争船格！船可被没收，我们的公司是不能屈服的，我们也要起来，做你们公司的后盾——后盾！唐经理，你要为你老板争一口气，争这份面子！"

包老先生仿佛马上倒退回三十年。话句句着实，而且有力！全像一个热血的青年，在大庭广众间演说。

唐经理煞时给怔住了：国军撤退以后，咱们的包老先生是绝口不谈抗战的，他明白。而这回——

"也难怪，毕竟是唇亡齿寒，谁能包得住他的震东公司不出事呢。"唐经理想。

"自然呢，"包老先生继续说，"交涉还得叫挪威领事去办。不过得力争——据理力争！宁可，宁可开不成公司。唐经理，是不是？"

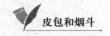

"那还用说，我是一根肠子通到天，没了生意，也就预备拿着张伯伦伞子走天下去的。自然还是硬到底。"

"这就好了！这就好了！"包老先生仿佛放下一桩心事，话头又转了个向，"你老板处请为我代为问候问候，一切都是天命，没有话说，乐得自己心放得宽。还有老唐——"包老先生突然放低了声音，咬着唐经理的耳朵，"你的生意呢，包在我身上，我们公司里——"

"好说，好说，"唐经理也站起来了，"多谢世老抬爱，我现在还不能三心两意咧！"

"那么，你还想跟他们讲合作条件吗？"

"不，不，我是只配死马当活马医——破釜沉舟，跟他们缠下去。"

这又叫包世华先生安心了。

"那么，再会了！你老板处道候道候！"

"谢谢！隔天还得上世老处请教咧！"

于是包世华先生穿过了办公室，出来了。

坐在大门边的黑袍子大汉，霍地站起，直冲到台阶下去，布下了他"精神的警戒线"。印度阿三打开了门，让包世华先生走出来之后，也一口气地奔下台阶去，帮同这黑大汉一同警戒。

"哒哒哒！"汽车响出了声音。待包世华先生上了车，"啵"的一声，又飞也似的开出去了。

这回汽车是开回了包府，直开进铁栅门。

包世华先生仿佛办妥了一桩非常吃力的案件，全身脱了力，一进客厅里，就倒在沙发上坐下了。

他觉得眼前是一片漆黑，自己像给谁赶入一个黑山洞里喘不过气。听差阿荣给端上一杯浓茶，这算是包先生唯一的嗜好。不抽烟，不喝酒，一条拘谨的人生的路，他走上了六十年。他全凭这浓茶清醒自己疲倦的精神。

"只把这台灯打开就行了。"

时间是临了晚。客厅前一株法国梧桐遮着暗。阿荣待要扭开莲花灯的开关时，包老先生这么吩咐着。

"有人来，回老爷不在，我要休息一会。"

"是。"阿荣答应着。

"再叫香姑来，给我捶一捶腿。"

"是。"阿荣还是用同样的口气答应着。

"那你就可以去了——叫厨子听命上饭，别打扰我。"

"是。"阿荣出去了。

屋子仿佛忽然沉下去，什么声音也没有了。台灯靠在包老先生那张沙发的左后手，伞似的薄纱的花罩，遮

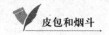

住了灯光向外放射。屋子里一大套红木家具，都是暗沉沉的，仿佛陪着包老先生在发愁。

"也许是免不掉这一着，这一着。"包老先生用右手拄着颊，斜倚在沙发上，"但是震东公司不比福利公司了呀！二百万抵得上三千万？嗯——"嘘了口气。

香姑轻轻地推进门来，一个懂得用怎样的脸子去承欢别人的丫头。据说，现在已经由包太太收作了干女，她的职务是捶腿。她带着卑微的笑，坐下在包老先生的一边，低低地叫声"老爷"，老爷也就伸出一只左腿来了。医生知道包老先生的左腿，中的是杨梅风。没有人敢保证包老先生二十年前头不走过邪路，但医生却只能说："这是年老血衰，捶一捶也就行了。"香姑在二年前就从丫头提升到这个缺，这叫香姑出落得像个人。

包老先生渐渐感到透气了。这左脚开初仿佛一段段在肿胀，直胀得像蜂筒；现在是又仿佛渐渐在缩小，轻快了，轻快得像能跑上一百里路。

"三千万！嗯……"然而包老先生心头的暗云终于赶不掉。有时，张开眼看看眼前这个女孩子，也觉得这份活财产，马上要消失了，不再是他的了。

"然而，不行。"他觉得人是不能有过分黑暗的想头的。这世界本来是智慧绣成的窠。黑暗的想头也真的会带来黑暗的运命。他还得往光亮处想开去。

他于是想到自己布下的棋子。"不错，什么买卖，终带有独占性。青年的时候是爱，年老的时候是财，世界也许会有一天发了一种奇灾，所有的男子都死光，让自己一个人来享尽天下女人的温柔。过去有过这雄心，现在是——"

"唔！"包老先生的眼光忽然落在那香姑的身上。香姑虽然脸子上留下一抹苍白，但那对尖角子的黑眼珠子，却像包老先生十年前被陶醉过的一个女人的那一对——今晚怎的给包老先生忽然发现这秘密了。于是包老先生的心，也就在香姑身上生下了根。

"然而，不是。"包老先生忽然转了念，心也打横的溜。这一对尖角子的黑珠子，在荡漾了。——荡开去，又荡回来，简直是两个海。小小的一张玲珑的嘴子，在薄明的灯光下，吐出一缕缕的淡白气息。这是灵魂的饥饿的喘息。……

包老先生于是闭下眼，可是眼界却扩得更大了。香姑的两只尖角的黑眼珠，也给囊括在他眼界里。而且还有一张薄血色的玲珑的嘴，而且还有一根暗玉色的龙隼

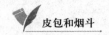

的鼻子，一张骨骼单薄的清秀的脸……

忽然左腿上传来一阵温柔。隔着薄绵，还感到这小拳头的和暖。心往下一沉，全身像脱了节，一种说不出的舒散的快慰。眼睛不会启动，但仿佛更黑暗。眼界成了个大海。于是，那眼界的大海里一对尖角子的黑眼珠，忽然变作了两只小划子。不，划子扩大了，一对元宝船。不，是福利公司的一条美丽的轮船！可不是，这一条龙隼的鼻子，正是鬃得发白的烟筒，口里的软和的白气，正是这烟筒上冒的白烟。……

包老先生心里挺明白，而且雪亮。福利公司轮船的烟筒，口子上画上三道黑圈。这回，烟筒上涂了白，却画上两道黄圈，正是震东公司轮船的标记。

"啊！不错！不错！"耳朵里仿佛听到别人的赞叹——这也许是香姑在诉说身世。心里还在猜疑。但再听时，却又不是，"现在是，这些船只全属震东公司的了。……"这是谁说的？这真是一句奇妙不过的话！

"唔！唔！"包老先生知道自己是受了梦魇了。他想转个身，但总转不过来。屋子还是像沉在海底里似的。香姑听到包老先生发呓语，想把腿子捶得重一点，直从小腿捶到大腿去。这是经验教给她一份学问。包老先生这可给捶醒了。转了一个身，右脚不经意地挂在香姑的肩上。香姑得承受，不敢动。

包老先生觉得悠悠地乘着一只大轮船出海去了，满海上全是震东公司的轮船。心里感到无限的快乐，但快乐的心子里有暗礁。他知道震东公司还有三大劲敌：利华、合兴、四达……

忽然满海开来了兵舰。这是中国的海军。中国的海军，是为了保护震东公司而建造的。兵舰一只只驶近了那些轮船，发出了警号：仿佛在警告那些轮船不许移动。但兵舰又不是中国的了，它放下划子，划子上的水兵上船来了。……

"震东公司的轮船全被捕了！"忽然，像报纸发出了号外。

"啊！啊！"包老先生突然地跳起，把香姑直踹到地上去。"不行！不行！"包老先生直坐在沙发上，"这个不行，你敢！"

香姑忍痛地跌坐在地毯上，吞着声，不敢哭泣。全以为自己失手了，捶痛了包老先生腿上那条筋。

醒过来了。包老先生怜恤地看了看香姑。

"起来！起来！坐一会儿，别捶了！"

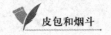

香姑缓缓地站起。

"你给我换杯茶来。"

"要是震东公司的船也给捕去了呢？"包老先生提紧八字眉，负着手，在屋子里一步步缓踱，"那自然他们也派人来讲条件……虽然是意大利旗子，也还是不可靠的。"

"老爷……"香姑换上了茶，轻轻地叫。

"唔！"包老先生无可无不可的答应着，向香姑打量了一下。忽然觉得香姑变了他挽回颓运的救星，"……花姑娘！花姑娘！……"仿佛听到那派来讲条件的日本人，在向他要索这一个代价。

"这样，事情就好办了，香姑，你说是不是？"包老先生脱口说了出来。

"老爷，你说什么？"香姑发呆的问。

"喔喔！是。"包老先生又坐向沙发去，"来！来！你再给我捶一回腿。"

包老先生觉得又应该闭下眼来。于是又把香姑关进他的眼界里：这亭亭玉立的出水的莲花似的姑娘，怎么能好容易送给人呢？包老先生的占有欲，又向另一方发展。他的欲望像一个巨头浪，吞没了这脆弱的灵魂了。

他仿佛自己又在享受了另一种最高的快乐……

"但这怎么能行？"他还是想下去，"他们是不会这样便宜了我的。一个姑娘换不了三千万，一定要求合作……合作……合作……"

忽然他闯入了一个阔大的境界，一个异样的国度。他来往在小胡子们的中间，全都叫他："大大的好老！大大的好老！"他的汽车日常停止在全国轮船统制局的门前。他不明白现在自己干的是什么一回事，但所有公司的轮船都归在他震东公司的名下。香姑仿佛是他的随身秘书，说得一口挺流利的"阿里阿多"！一上统制局，小胡子们全围着她去跳舞了。自己有点心痛，但也觉得光荣。全局的中外办事员都尊敬他。他高傲地走在他们面前，那里面仿佛也有个唐经理，不错，正是唐安谷，他刮嘟着嘴，一脸的愤怒。忽然胖子的大手里擎起一支左轮手枪……碰的一声……眼前一阵火光……

"啊！"

他张开眼，现实又换了一个镜头。茶几上的杯子不知怎的给自己撂下了，砸在地毯子外的地板上，碎了！

香姑吃惊地站起，赶忙去收拾它。

"好了，好了！你去吧！"

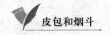

包老先生吩咐着香姑。他完全清醒过来。香姑悄悄地出去了。

他细细地回味着刚才的情景。是梦呢，还是事实？他知道这是梦。唉，自己是过分慌张了。但他觉得这毕竟是个好梦。然而又觉得这是个可耻的好梦……

但世上尽有许多人在做着这可耻的好梦……

但福利公司是应该坚持到底的，决不能和他合作的……做这无耻的好梦的……

客厅外的法国梧桐，响出了沙沙的声音，是夜风扬起了。但屋子里显得更沉静。——这沉在海底一样的静。包老先生仿佛以心之船的底，去和它摩接着。他感到了神秘的舒适。梧桐的沙沙沙的声音，就变成他的心之船的舷外的泼水声了。

他舒了一回气。起来，拧亮了屋子正中的莲花灯。红木的家具全都吐出晶黑的光。他把壁上的电话听筒拿起，拨了个电话号码，呼唤着。一会儿，有人答话了。

"你是唐安谷？——我对你说，决不能妥协的……你说什么？你老板也情愿丢了船，也不肯投降吗？……那好极了！那好极了！……你呢……上内地去？真的？……了不起！了不起！……那么再会，再会。"

他挂上了听筒，一会儿又摘下，拨了个号头。

"是震东公司钱帮办吗？……哈哈！你这财神爷，知道吗？明天沪温班多放二只……沪甬班呢，嗳嗳，也多放一只……知道吗？福利公司轮船是万万放不回来了！那么，我们得多尽一点义务，维持这战时航运呀！……"

啪的一下，听筒扣上了电话机。包老先生顺手按一下电铃，意思是催晚饭了。

"令令令……"

门外转送来一阵清脆悦耳的响声。

许太太的打算

——Conte之二

许小姐急匆匆地奔到家。许太太一把就给她拉进到自己卧房里。

"娘！娘！"许小姐脸子发青，声音带颤地叫着，"听说——听说——"

"你别再听说，听说的啦！"许太太哄的一声，愣住了许小姐，胖脸子发着抖，两条线似的蛾眉，撑得像两张小弓，眼光成了箭头，往拉开着的五斗橱抽屉发射。接着，她找出一张红格纸，颤巍巍地递给许小姐，"你瞧，你瞧，这里面说些什么话呀？这里面？"

屋子里落下一片静。

"娘，娘……我听学校里先生……说，东洋人要——"终于许小姐又格格地说。一边接过那张纸头，却没心思看它：夜影闪进屋子里来，花纱玻璃罩的悬灯的影子，投射在纸头上。许小姐眼前仿佛看到一大队兵车开过：一张张凶狠的脸子，一顶顶暗绿色的钢帽，一枝枝发亮的枪杆……

"看呀！说些什么？"许太太焦急着，催问。仿佛要找个着落，一屁股坐在铜床边上。两手袖在胸前，发气，"你想，我喂了那么一大批狗，有什么用呢？巡捕、门房，还有上上下下四五个丫头，全都没有用，连一张电报都看不懂，怪说前些时一个新房客说咱们经租单上'借住'两字写作'借任'了呢！……阿吉，你看个仔细，这电报怎么说着来？……"

"嗯！嗯！娘！这……这……"

里门外突然传来轰隆轰隆的一阵大响。屋子里的杯碟，丁丁当当地应和着发抖。

"这……这……有什么呢？还不是兵车开过马路去，从杨树浦演操回来的。天天是这样，早上去，晚上回，总打咱们里门口过。"

许太太自言自语，像在安慰自己。

"嗯！嗯！"许小姐涎着脸儿，瞧着那纸头。左手把纸头抖得索索发响，右手指，点住自己的下唇。

"你念呀！叫长兴那个房门去看呢，我怕这里有不

好的消息，也许南京已经有了风声：要跟东洋人打仗。长兴这张嘴子，又是那么不稳，一说开去；房客怕了起来，全都退了租，那可不是——嗳！嗳！阿吉！你快说给娘听！"

"嗯！嗯！……时局紧张……"许小姐有心无意地念。

"小鸽子，你到那去了！我叫你去找钥匙的！你到那去了！小鸽子！小鸽子。……"

许太太突然又叫着走出房门去，碌着眼往客厅上一转，没有个人。一片的静，一身的冷。

"小鸽子！小鸽子！"

许太太抖擞着两只"国粹小脚"，插麦孔似地走出客厅去。两只厚重的肩膀，和一座磨似的大屁股，也合拍地扑耸着。

通过厨房。

里弄口全挤着形色慌张的住户，急急的来，急急的去。马路像在抽筋发抖：轰隆隆——轰隆隆——

小鸽子跟小蜻子挤着人们的屁股缝，往外看去。一大串暗绿色的兵车、炮车、机关枪车，还有机器脚踏车。

"小鸽子！小鸽子！你死到那里去了！"许太太的声音，直尖出到里弄外。

小鸽子没有听到，仰着脸子，耳朵像风车似地张着，专在听取别人说话。

"这回是免不掉了！再说广西也跟中央统一了。"

"统了一，那就可跟敌人讲话了。还会打？——没人拔后脚，什么和就都讲得成……于是，自力更生！"

"笑话！他是早有这个决心的！"说的人，拍了拍胸，把大母指向上一翘，放下手，恰巧打在小蜻子脸上。小蜻子不痛但吓了一跳，要哭了。

小鸽子赶快揉着小蜻子的脸。

"别哭！别哭！咱们去打东洋人去！不许他们的兵车在咱们里门外开过。"

"你去打——我们是女孩子！"小蜻子转了个身，回到自己住家去。

"小鸽子！小鸽子！"声音尖利地送了过来。

"有什么好看呢！这也是——"许太太撅动着嘴巴，自个儿叽咕着，却把声音放得很大，好叫别人听见，"一向就是那样的。还不是从杨树浦操演回来呀？真是少见多怪。——再说这里也还是租界呢！……小鸽子！小鸽子！"

这回小鸽子刷的从人屁股缝里钻出来了！

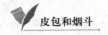

"你这小鬼，你在这里干什么……你……你……"

许太太骂着，小鸽子慌张得像一匹鼠子似的呆了一会，接着，又刷的溜回家去。

许太太的屁股抖得像日本炮车似的，直追着上去，追过了垃圾筒，转了个湾，在自家后门口抓住了小鸽子，伸出尖尖的小脚，往小鸽子屁股上一踢，小鸽子倒坐在地上，许太太就一连手打了她十几拳。

被打的照例不喊叫一声，软做一堆。然后听许太太吩咐：

"钥匙呢？储藏室的钥匙呢？你还没向长兴要来吗？"

小鸽子眼睛发白地瞧着许太太。

"太太，长兴不在。"

"那么，你再去——"许太太这回真的是"蛾眉高张，凤眼倒竖"！

"娘！娘！……"屋子里却送出一个慌张的声音。那是许小姐。许太太唔了一声马上赶了进去，屁股又变作一辆日本炮车，威武不屈地转。

"怎么说呢，怎么说呢？"许太太问着。

"爸爸叫我们赶快搬到南京去住。"许小姐仿佛恐怖中带些高兴。

"南京？——叫我到南京去住吗？"许太太一肚子的气，全往嘴上送，"他养着小婊子，叫我们娘儿三个去服侍那小婊子去吗？我是不去的。我有地方住。西摩路有我房子，杭州也有我房子！我怕什么呢？这里，这里……呢！小鸽子！小鸽子……"

许太太还没站定来，突然又叫着出去。

小鸽子缩脚缩手回进屋子里来。

"钥匙呢？钥匙呢？"许太太一连声的问。

"太太，长兴还没回来。"

"这该死的东西，这该死的东西！是不是在那人堆里挤着呢，你再去看看！"

"不，太太，里门口人已经散完了！"

"散了管你啥事！你快给去找长兴来。"

许太太回身到房里。

"你看，有什么用呢，全不中用。一有要紧事，一个人也叫不到。阿吉，你快给我去收拾起东西来：你要穿的衣服。还有那三只戒指，一付镯子。还有那一串珠子在你祖父手里传下来的，全都给收在小皮箱里，你也不用上麦伦去了，看情形，住在这里是不稳的，靠近中国地界……"

客厅里发出耄耄的皮鞋声。许太太一听到就知道那是长兴。这个滑头码子，跟大丫头老胡缠在一起，此刻……

"长兴！长兴！"许太太叫着出去。

"太太，有人要看房子。"长兴一脸正经地抢上一步。

"啊！"许太太一脸子的疑问接着，抹粉的脑脸子开了笑，"哦！哦！那么——我自己陪他们去看。"

许太太又抖着"日本炮车"出去。抖到客厅的过门，突然回过身来：

"长兴，你来！"接着，许太太放低了声音，"你把储藏室里那十只大皮箱，统统给背到客厅里来，我要检查检查里面东面，该得晒的，给晒一晒。可是你别打从后门弄口背进来，你把这过间门打开，从这里背过来就行啦！"许太太手指着客厅前天井右手那堵短墙。

后门口站着一对青年夫妇，焦急地踏响着水门汀地面，耄！耄！耄！

"阿是看房子格！"许太太做了个笑眼，上前招呼一下。

那对青年夫妇沉默地点了点头。全是西装打扮的，女的那西装上衣敞开着，衬衫里耸着两只胖胖的奶奶，这叫许太太看了全不顺眼。虽然不顺眼，但也欢喜：她又看出这一对不是什么老上海，老上海房客，那可难对付哇！

"啥格房子合适嘘，"许太太马上改换腔调，自己显出份老上海本领来，"阿是要两上两下格，阿是一上一下格。这里房子才合适，里小房子勿多，那才清净来。弄口管得紧来兮，啥格闲杂人等，统统勿得进来个，管门有巡捕，还有门房，弄口还有公共电话！……"

"哦！还有公共电话？"穿西装的那个男子问了句。

"是格，五分钱打一次，顶便宜没有哉。别个店堂借打电话，就要七分嘘。"许太太回答得挺快速，一边又抖动着"日本炮车"穿过了横弄，在一幢单开门面的房子后门站定，且给它打开了。

"你啦看看！——这个房子合适不合适。便宜来兮，廿一元月租，呒没小租格，光出十元开门钿，啥个事体都完啦！"许太太一走进房子客堂里，"炮车"就给碰在壁上，且还垫着两手，虚心下气地这么说。

那对青年夫妇慌慌张张地向楼上走，两对耷落耷落的皮鞋，震得空堂堂的房子响出嗡嗡的回声。许太太瞧瞧屋子四壁，又生起气来，长兴跟那大丫头，就只知道勾搭，也不给屋子打扫得干净一点，有个卖相！一会儿那对青年夫妇又响着楼梯下楼来。

"阿是中意格？"许太太赶快问，连黏在手上的灰也

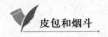

不拍掉。

"房子倒也没有什么，可是这里打起仗来有影响吗?"男子有声无气地回说。

"哈哈哈!"许太太涨着脸子发笑，"啥格话呢! 这里是租界呀。你先生阿是登得闸北?"

"是的，我们住在江湾路!"女的显作聪明似的回说。

"啊唷!"许太太马上尖着嘴，装出一脸的恐怖，"登在闸北，真正吓死人啦! 闸北是中国地界唛! 东洋人就看想中国地界……再说，出啦吓死人格事，我倪先生是在考试院里当秘书格，伊总讲闸北靠勿住——闸北勿好登格，快些子搬过来子末哉。房钿廿一元。房捐是十六元算格! 便宜来兮……"

两个青年夫妇于是皱着眉，相互叽咕了一会，用皮鞋敲着水门汀耄耄发响，吞吞吐吐的说: "这里离中国地界远吗?"

"老远格老远格!"许太太嚅嗫地说，"'一·二八'打仗辰光，迭里连炮声都呒末听见格，迭里房子又便宜，搬来的真多啦，落后就没你先生的分呐!"

"好! 那么房东太太，我们明天给你个回信。"西装的青年说。

"好格！好格！"许太太有些失望，但她有她的打算：碰到过不少的房客，经租的时候，主人总得表示迁就的神气，"不过，看房子格人，格两日，真像潮水介来来去去，剩落格房子，也勿多拉哉！呒没定钿，明天没得房子，我倪也没法想格。闲话是要声明在先咯！"

"你也是——你就先付几元定钱怎么样呢？"女的显然在生气，那两只自以为时髦的奶奶，抖得叫许太太恶心，再说还撒娇似地对那青年尖了一眼，这叫许太太又记起老爷催她到南京去住的话，跟那南京住着的那个小婊子。——也是那么妖眉妖眼。唉！许太太总怪自己脂粉不奏效。

"那么好，先付五元吧！"男的向大衣袋里掏出皮箧。皮箧里钞票有整整的一叠。

许太太眼睛发了发亮。马上说："迭一点勿够格，要付末先付拾块！"

"好好！十元，十元！"

许太太接了钱，把两张中央票翻来覆去看上了四五遍，然后揣到怀里去。笑脸子就往下一沉：

"那么话一句说开来：三天勿搬来，我倪是要另租

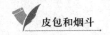

格。——闲话一句哤！"

"好的！好的！"男和女一齐回说。看看天色，阴沉沉的笼在弄顶上，屋角沉着脸子在发恨，不安定的心益发觉得飘飘然，也就寨落寨落地敲着水门地面，走向里门口出去了。

许太太的屁股又变成了"日本炮车"，抖着抖着，急速地抖到自己家里去。

"小鸽子！小鸽子！快去跟弄堂巡捕说，摇一个电话到祥生汽车行去，说太太小姐要上西摩路公馆去。"

转身进了客厅。长兴正像瘦驴子背着米袋似的把一只箱子背到客厅里来。

"长兴你得记住，"许太太严厉地吩咐着，"晚上十点钟你叫一辆榻车，把这些东西搬到西头去！别给房客知道，要不我抽掉你的筋！……嗯嗯！我告诉你，老爷有电报来，说不定就要开仗啦。后面就是香烟桥。临平路，全是中国地界，别把脑袋放在水桶边，要警觉一些。我跟小姐此刻就上西摩路老太太、大少爷那里去！"

"是！是！"长兴放下箱子，笔挺着腰背，带着笑，跟过间门旁边站着的大丫头如花做了个嘴脸。

"阿吉！快下来！"许太太向着楼上叫。

一个谋杀亲夫的妇人

——监房手记之一

首先我被领到包探室里，一切我皆非常熟习。

长方形的中国式房间，横横直直地散摆着六七张红色长条桌；桌旁各各浮着领蓝短褂，或是黑长衫。只有靠左横抛着的一张旧式账桌旁，耸着个长黑脸、绿眼睛、没胡子的老头儿。他手捧水烟袋儿间歇地抽着烟，碧绿的眼睛紧瞧着桌上纸头。但有时，他也仰起头，看看窗外屋檐，像在思索什么似的。

蓝短褂和黑长衫常常在浮动，又不时地发出切切私语声；屋外的电车汽车，咆哮般在响，把屋里空气压得死寂寂的。

"暂时给他看守一下。"领我进包探室的黑长衫，漫然地跟一个中年蓝短褂招呼着。

"唔！"中年蓝短褂答应了一声，马上便向我身上抛

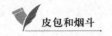

来一对能看尽人间一切秘密的眼珠子。

我就给指定坐在那房间靠里一头临墙的一条长凳上。

我并不寂寞。这长凳上还坐着匹瞎眼地鼠——一个像只能出现在童话的国土里的矮小的黑妇人。

她一手给铐在这长凳高头一条铁棍上。那铁棍是穿在二支柱子中间的。

我们相互地瞧了一瞧。我们皆沉默着。

然而，我记起了她是我底邻居。

三天前一个下午，我往街上老虎灶泡水去。经过她住的那进屋子，屋子前后挤满着看热闹的男女人们，且继续地从那些人口里溜出"死了人呢！死了人呢"这样的警惶的声音。

我不经意地过去了。

死并不是桩稀奇的事！我想。活着的人底唯一骄傲，就是能给死者一点儿怜悯，然而时候到了，自己也将准备接受别人底怜悯了。

泡水回来，里口已停了一辆黑色汽车。围在那屋子外的人们，已静悄悄地像电柱似的凝住了。我也提着铅壶站了下来。

打先是个黑大褂，带着个矮小的黑妇人，排开人柱出来。接着，是个灰色哔叽西装，晃着丛生白毛的沙色脑袋，嘘嘘地打着口哨走出来。

人们就像静夜的回潮，沙……地悄没声响地退开了。

在这紧张的静寂中，里口那边送来："冤屈的呀！冤屈的呀！"低抑的、颤抖的声音。

汽车声也就咕咕地响了。

这时候，我伸头往屋里望去。客堂间板头上摊着个蓝大褂穿得落落直直的浮肿脸的尸体。

看热闹的人们，像给这汽车带去了秘密的新奇，另另落落地散了。我也提着水壶回家。但一路上还散着一堆堆的私语：

"真死得突兀呢。"

"据说卵袋发了青，不是谋杀，也是毒杀的。……"

"那样的女人还有姘头呢……"

"哈！哈！"接着是大声地笑出。……

这一切，我全记得明白。——于是我仔细打量着这眼前的谋杀亲夫的妇人。

不满三尺高。一张锈烂了的犁头似的脸，干枯，瘦黑。找不出两眼的位置，尖嘴，棱鼻，披着一头枯草似的枯发。一身黑酱色的粗布衣，送出有棱角的二个肩

胛。——这一切，确使人很容易地想起一匹饿慌了在阴沟里喝污水的瞎眼地鼠。凡关于可作为风流女人的条件，她丝毫没有。然而她却是一个"另有所欢"把亲夫谋杀的凶手。

"霍咯咯！霍咯咯！"忽然，横头账桌旁发出一阵带有老人风度的咳嗽声。接着，又"呼"的吹出了水烟袋里燃残了的烟头。没胡子长黑脸转起绿眼睛来了。挥动酱绿色的长衫袖子，喊出一声："来。"一个黑长衫，应声上去。

一片听不清的谈话声。

我同瞎眼地鼠同样预感到未来的运命，瞎眼地鼠且在发抖。

一会儿那跟绿眼睛老头子商谈着的黑长衫，伸直腰背来了。卸去了黑长衫，飘着月白纺绸短褂，向我们走来。

我掂起半个屁股，预备受讯。但他偏停下在这矮小的黑妇人面前。他手中摇着一块皮鞋底。

"老爷，皇天大老爷，俺是冤屈的呀——莫冤死俺呀！"一开头便响出那么个颤动的、惨切的叫声。瞎眼地鼠仰起头来，缩下身去。

像座山镇住一块小石子矗立在她面前，那月白纺绸短褂，飘飘然掠起两袖，接着又伸过一条大腿，站在长凳上，曲着上身，用手支在这腿上。另一手摇着皮鞋底，"发发"在空间作响，但又毫不经意地向她颊上拍了一下。"冤枉？"同时，他又胡里马里地说，"我戳你妈妈的冤枉！从实招来！别要老子搂死你！怎么好好儿的你男人卵泡发啦青？可不是——你给他那么的一把抓来……"

"要命的，要命的，这真冤死俺啦！俺是冤屈死啦！"这小妇人，抖着，缩着，就只有那么一句。

"我入你妈妈的，喊儿（什）么冤屈！"皮鞋底又发发作响，"一门子里人，全说你男人死得尴尬！全说你轧上鸟姘头！你心发啦狠，你就给他这么一把抓来。……"这一回，这月白纺绸短褂伸直腰，支在腿上的手做了一个握住什么似的手势。同时，他那丰腴的脸上的肉，像要掉下来似的一抖，油那样的发光的汗珠，也挤满了一脑壳。

而我们的瞎眼地鼠可缩得更小，抖的更凶了。同时她那："冤屈的呀！冤屈的呀！"的呼喊声也渐渐低微了。

"你喊！你喊！"伸直腰背来，又撼一撼手袖，"从实招来，别老那么纠缠！你男人，那一天，是在干儿么事的？"

"他——他——他推车——推小车的。"她抖出了一句。

"推小车。我知道。我问你那天跟谁闹过儿么事？"

"没有的。那是没有的。……那天晚上……他车推过××路——他累，他歇息儿，车抛在半路上……巡捕老爷兜小肚儿踢过他一脚……一脚……皮鞋脚……回来，他喊痛……俺问他……"她终于断断续续地抖出一小串。

"这没有你的事，我入你妈妈的，老子又不问你这一套！"皮鞋底又啪啪地叫了，"谁听你这一套。我入你妈妈的。他不是跟你姘头打过相打？你不是给他吃过毒酒？……"

"要命的！要命的！皇天大老爷！别冤死俺啦！俺是冤屈的啦！……他到家就喊痛死！痛死！他半夜就死去了。"

"那么半夜时，你干儿么不来行里报告？"

"俺不知道呀——俺妇人家！俺们穷人死了，可还不……是给埋啦……算了！"

"那么，干儿么你房东太太，也说你男人死得古里古怪？你老实说来！姘头是谁？你说了，我就放了你！……"

"俺……俺实在没有姘头……"

"那个铁厂里吊眼阿三，不是常上你家去？"

"那是——那是他叫我洗衣服……我是洗衣……"

……

在这一场没有终结的对话里，我听到风吼和枯枝的颤抖。

但接着——

"×××！"高高的一声叫。

我吃惊地一看有人在叫我了。我留恋地再瞥一眼这瞎眼地鼠——这像只秋后瘦毙了的苍蝇的小妇人——这锈烂了的犁头脸，这干枯而且瘦黑，找不出眼睛的位置，尖嘴，棱鼻的小妇人。——我茫然了。我虽然不知道她一生的历史，然而我却懂得一块奠地基的石头被损害的情况了。

我低下头来。我为这匹瞎眼地鼠———一个谋杀亲夫的妇人默祷着。

三个偷火柴的人

———监房手记之二

进了看守所的门，那个写字间里凹脸的值班巡捕，黑着脸，尖着声音叫："一件一件脱下来！"

这声音如同黑夜狼嗥，叫人全身发毛。我涎着脸瞧了瞧，急速地脱去了长衫短袄跟西装裤，给丢在地上。接着又照样去了衬衣裤。现出了一个赤精的受之父母的瘦棱棱的身体。

值班巡捕胡乱地捏一捏所有衣服，照例的向犯人庇股上踢一脚，叱骂着："去！猪猡，滚进去！"

狼狈地抱起了衣服，闪进被指定的第四号笼子里。并无所谓委屈和被凌辱与损害的感情，自个儿静静的一件件穿整衣服来。往笼子里瞧了瞧，这不特叫人感到陌生疏远，且还叫自己醒过来，现在是确定自己有罪了。

　　笼子是不很大的，但也不像意想的小。靠后三分之一的地面，高结着一座水门汀的坑，临门一角，洼了下去，镶着磁马桶，有水管通着。墙壁是白的，可是一起沉没在黑暗里，人在这里，骤然间看去只像个影子似的移动，影子似的伏在坑上。

　　比我先来的是个穿蓝布衫裤工人模样的人。我认得他。那是中上在写字间笼子里老猫似的老伏在一角的菜色脸的男子。从他身上我看出一种可做我模范的定力。我在写字间笼子里这四个钟头间，总像只初入笼的野兽，老不停留的来来回回的踱，因此曾遭了外国头脑的叱骂。他同情地看我一眼，呶一呶嘴，也叫我蹲在一角上。他叫我知道所谓屈服的意义。他蹲着，二手交盘在膝上，眼睛紧紧看住笼外的一切，仿佛自己是不在笼子里，恬静而且安适。

　　现在，我们就这么的问起话来了。

　　"你是为了什么事进来的？"我说。

　　"呒啥道理，为了一点小事件。"他不屑似的回说，仍和日里一样，静静地蹲在一角，仿佛跟水门汀的坑结成一块了。我自然不好意思再问。

　　接着，看守所的大门，又轧剌剌地响了。"一件一

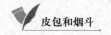
件脱下来"的叫声，还是那么顶真而且叫人发毛。我扳着铁栅斜看，一个偻背的胡子篷篷的老头子，跟一个小伙子一同在笨手笨脚的脱衣裤，一样的露出了赤精的身体，一样的受了一下脚踢，一样的石头那么个滚到我们一间里来了。滚进了以后，老头子哀哀地像猫那么个叫着，小伙子却唏唏嘘嘘地在哭了。

"哭什么呢？明天过了堂，有罪判罪，没罪就可以出去的。"等他们穿正衣服后，那个颇有定力的男子搭上来说了。

"你倒说得干脆！我收受了你们的货，我又怎么知道是偷来的，怎么你们竟怪到我身上来了！"那小伙子啐了一口说。就坐在炕床上，抱着头呜咽了。

这回，我才知道他们三人是一伙儿的。我坐在另一角瞧着，听他们说话。

"东西又不是我交给你的。——我也没有偷过呢。"那男子仍旧用那不屑跟人搭话的神气，辩解着，"我是无所谓的。"

"全是你老头子。"那小伙子又转向这个同来的龙虾似的老头子骂去，"我也因为你，在同一弄堂里摆烧饼摊子，靠得住，受了你的货，哪里又知道你是偷来的呢！"

跟那菜色脸的男子一样的蹲着、嘴里且在咕咕的老头子，给小伙子这一喷骂，连咕咕也忘却了。突然呆了起来，呆了老一会儿，也许他在想理由回答。但此刻黑暗里只瞧到他那付茄子似的脸上，发着绿炯炯的眼光。这眼光犹如一个纯洁的圣徒，向上帝祈求赦罪，显露着无限怜悯之情。

"不，不。"终于那老头子也开口了，"俺，俺也是——也是弟弟送来的。一箱———一箱火柴，放在俺摊子上，那可——那可不行。自己用——用不了那么多！便宜些卖给你们——我，我又有什么罪呢！"

"不要咬卵了！"不等老头子说完，那男子插上嘴来，"连我也不怪谁，你们还怪！火柴呢，又不是我偷的。我不过是那码头的起货工人。再说，我吃满官司，出去还只两个月，并没想干那傻事。你老头子想把火柴出卖了，过一过手，撩几个钱，也是实在的，你们烟纸店，专收贼偷货，贪便宜，可还会假——可是这一回儿倒谁怪起谁来了！哼！"

那男子说着，泄出一声尖辣的笑，接着又自个儿摸着下巴，仰看屋顶，低声地自念道：

"呒啥道理——呒啥道理！"

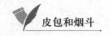

老头子这才明白过来似的，重陷入静默里。仿佛连气也不敢透一透。那小伙子偏还呷着嘴在咕咕。我飘飘渺渺地想，想不出一个头绪来。

突然我听到一个声音，轰隆隆地从远处滚来，渐滚渐近，接着叮叮当当的那种清灵圆澈的脚蹬声，也可听到了，我心头一阵酸痛。我知道现在是再也不能乘着电车在上海地面上像松鼠那么飞跑了。这声音叫我想起失掉了自由，失掉了人生，失掉了世界！这声音每一次的响出，叫我每一次这么想起！我真想扳断铁格子蹿出去，或是化作了蚊子从铁格缝子里飞出去！——我羡慕布蚊子的自由！蚊子的生命价值是比人高过万倍了！

我在水门汀上踱了起来。皮鞋声橐橐的发响，应着那小伙子还在唏嘘的低泣。

"你为什么要老是那么个走呢！"突然一个叱责声向我袭来，回头看，是那有定力的男子，"安定一点不很好吗？不说愰呀愰的，老在人眼前愰得叫人头痛，就是你有皮鞋，又有什么可骄傲呢！"

我瞧着他，站定了，这叫我想到一个被损害者的心情。我笑了一笑，独自个儿站到铁栅那里去想透过看守所的大门，看一看这将要永别的世界的面貌。

不久，一个稻草人似的小老头子送晚饭来了。整整的一天，不曾吃什么。可是我并不感到饿。怀了孕的妻，每天须自己调理饭食给她的，现在可不知怎么了。我不禁感伤起来。为了她，我须有更大的自由！我须活下去。我又想扳断这铁条出去。我望望屋子的角角落落，窗门，天花板，我幻想有个剑仙——自己是个剑仙飞了出去，叫这抓住我的巨大的黑手们吃一个大惊。然而我不能，我还只呆在这里面。

吃饭的时候，那小伙子一端起发黑的洋铁管，不禁出声地哭了。哭得那么个惨，那么个伤心，叫着妈，也叫着爸！全像个孩子。那么地抽搐着肩膀，一个劲儿地哭。

"叫我怎么下咽呢！叫我怎么下咽呢！爸呀！妈！"他拨了拨筷子，抓几粒饭在嘴里，一边嚼着，一边那么说。那个菜色脸的男子跟老头子，却索落落的一会儿就把饭吃净了，橐橐地敲敲饭盒子，瞧瞧我。我把不曾吃过的饭盒递给他们分去。正在这时候，隔壁笼子里打电话过来了："喂喂！隔壁新来朋友，有饭末，送点过来！"这招呼声又热又有力，叫我记起我的周围——人间的联系！爽直，天真，没遮拦的胸怀！这也是世界！这也是人生！为求得真正的自由，是需要一部分人熬住那不自

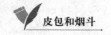

由的生活！我无视了那怯弱者的哭泣！泣虫是无补于世界的。

又空了饭盒子。那男子仍旧安安静静地呆在一角。老头子可忽然高兴了。在他活了大约四十年中，所有的遭遇仿佛全不为他所记往。他用筷子敲起饭盒子来，他唱：

"突拉仑等锵呀！突拉仑等锵！

王八羔子个瞧呀王八羔子个看！

王八——里面看洋片呀！

……

突拉仑屯锵突拉仑屯锵！

……"

他这么地叫着唱，蹲着的全个身子就跳蹦起来了。像一个玩戏法人的猴子。跳遍了笼子里全面。他跳呀跳的，挨近我面前，马上停下来了。在我脸上打量一下，仿佛从不曾见到我过。这回才突然发现似的，吃了一大惊。

"啊！你——你，你是不是也为了偷洋火进来的！"他哀怜似的问。我一时答不出话来。但蹲在一角的男子却讥讽似的代我回答了："不，他是个读书人。"

"那么，他吃过香烟，用过俺那洋火吧！"

"屌头！"那男子骂着，回过头去不再理他了。我却更

无话可回了。这是多么可爱的一颗朴实的心呀！但无视那
人类习俗道德的人，每每具有颗朴实的心的。我说：

　　"唔，不错，咱们是同行啊！"

灵魂受伤者

——监房手记之三

　　四月底的天气，竟像大暑天一样的闷热。水门汀转了潮，人呆在监房里，如同蒸在湿笼里的馒头，软做了一堆。

　　我无力地吐着急促的气息，靠坐在里手屋角上。

　　同房的，现在是个卖老菱的小贩了。在暗夜里走过冷落的韬朋路，给那抄靶子的包探带了来，就算作是嫌疑犯了。但没有人能指证他曾经偷过什么，或者抢劫过什么。他的案子也就这么的一天天搁下来了。

　　他有一张黑色的瓢儿脸。坚实的两臂，显出他与生活搏斗的痕迹。他很少说话，但他一开口时，总带着极端的憎恨与热情。两条浓黑的眉毛，就舞剑似的掀动着。在他的感情里，仿佛没有中庸与平和。他曾经向我叙述过他那贩卖菱的经过。我知道他对于生活，确有大胆而固执的斗争精神。这叫执笔为文自鸣得意却在威权面前发抖的卑劣的我听来，感到十分羞愧。即如此刻，监房的潮湿与气闷，对于他可竟丝毫不在心中，且还有像诗人仰卧草地看悠悠的白云一般的坦然气概。

我们就这么的，在两种不同的心情之下，沉默地坐着。

突然，总门外发出一阵锵啷锵啷的金属的碰击声。我惊惶着。楞起两眼，瞧着他。他抱着膝头，直着颈子，眼光直穿铁格子射去。仿佛我们都在询问："又是谁要被吊去拷问了？"对于这未来的运命，虽然我们一样地关心，但我是神经质的，而他却是机警的。

总门豁喇喇打开了。接着又扑通的关上。随后，就是外国头脑的皮鞋声，骄傲而响亮地在廊下橐橐发响。

"一件件的脱下来！"

又是那略带女人声腔的差捕，在对新来的犯人下令搜查身体了。我们一听到这声音，就可闭着眼想出：一个精光的身体，抱着一把破衣，仿佛一只荒荒的野兽，在吆喝声中，给追进笼子里来。

外国头脑锵啷锵啷地抛着钥匙，走到我们的监房外面来。他仿佛没有瞧到我们蹙壁角的坐着，大意地打

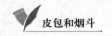

开铁栅门。在他那手影上下挥动之间，一个滚胖的像只白毛红皮猪似的身段，就滚球也似的，给那紫铜脸的差捕，一脚踢进来了。

"滚进去！"

"哇！……"

两种声音，同时的发出。监房里的空气，马上就一下发抖似的震动。接着外国头脑再挥动一下手臂，铁栅门又豁喇喇的合上：仿佛锐尖的虎齿，又啃断了一条活鲜鲜的生命了。

皮鞋声照旧响亮而骄傲地远扬着去。

"你再叫！我揍死你！"

在铁栅门外呆了老一会儿，两眼送着那发出骄傲的声音的皮鞋后影的紫铜脸的差捕，这时回头向铁栅里这位叫喊者这么威吓着。

铁栅里的这个，慢慢儿直起圆筒似的身体，抖擞一下发油的肥肉，一连串地笑着说：

"哈哈哈！你打我，我就叫！你骂我！我就笑！哈哈哈！那可还不够好吗？"

说着，他伸了伸分不出位置的胖颈子，拖出一条红舌子。

"你再笑！——快把衣服穿起来！"

差捕无可奈何地骂着。尖着鸡屁眼似的嘴子，抑制着笑声，终于也摇了摇头，径自走了。

铁栅里的一个，一下子可做梦似的呆住了。他瞧瞧自己身上，又瞧瞧威风十足地走着去的差捕的后影。我们这个新来的同难者，拍一下大腿，嘎的尖声的笑出，从衣堆里拾起裤子穿上。他就马上摆出君子随遇而安的态度，连这里是个监房也记不起来似地，很自然的对我们笑笑说：

"没有什么——没有什么花头，闲住几个月，不就完事。"

他说着这声音可叫人想起初换黄毛的鸭子的叫声：是种色情文化盛行以来，我们可以透过那些涂着"霓虹灯""藕丝的臂"的书页子的背后面听到的声音。看他那高高地提起裤裆，兜着裤子，摆着大屁股一摇一动的样子，又仿佛在这滑溜的水门汀上跳起什么舞来了。

他一走近我们的时候，我的吃惊可更大了。我将怎样来形容他这种出奇的神色呢，一张烂黄色的块黑块紫的脸子，安放在仿佛比头部还要大过一倍的简直是发胀的脖子上。裤裆这回已经高高地卷在齐奶子的胸部那

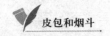

里，但把他那女人似的奶子、磨石似的肩膀、牛皮灯笼似的手臂全箍得打足气的皮球似的了。在他右臂和肩膀相连之处，还分明地显着一块块的血印和青肿。——这，可叫我在"生命"的名义下，投入他的灵魂的深处，而共尝着他的肉体的苦痛似的悲悯起来了。我就两眼不放地瞧着他这伤处。

"那是打伤的呀！"也许是灵魂的共感吧。他仿佛觉察出我的心情，但却带着辩护的口气，安慰我似的说："没有什么——没有什么！"

我还是痛苦地瞧着他：有几处一大块的青肿，衬着鸡冠花似的一块血斑。有几处却裂着口，用血污堵住，现在那血污仿佛干了。而裤子上的血迹，又是斑斑点点的。——他看着我老瞧着他，觉得不安了。于是用左手拍拍他那伤处，表示并不伤痛。且还转过背去，面对着我坐下了。

"那可没有什么。要偷人家东西，总得挨人家打呀！"他说着，又哈哈地拖出一声骄傲的笑。

"哦，"我禁不住两眼瞠然了。这可就是软弱的人类中之最软弱的耶稣的精神吗？虽然有时不免以行为反抗旧社会，然而结局上，却在旧社会的习俗道德、武装法律之前低头受缚了！以你的血去作赎罪祭吧，愚蠢的伟大者呵！不自觉的埋没在圣经贤传里的受伤的灵魂呵！……

"那么，你怎么让人家打得那么厉害呢？"我还是不安地问着他。

"怎么打得那么厉害？——不算厉害呢，"他抖动着胖脖子，仿佛要说出一大串似的，"——还只用柴爿打的呢。哪哪哪，是这么个粗的柴爿。……昨天夜里，嗳嗳，我到塘山路顺德里一家同乡家去偷东西。哪哪哪，正在我伏下门边用家伙撬门时候，不料撞见了别人，就给他一把抱住，大喊捉贼起来……唔……咳咳咳……一霎时弄堂里聚满了人，其中有一个——唔……"他喉头更沙哑了。但还听得清他那每个字的吐音。"看来倒是个打贼的老手，他就拿了一条柴爿，在我背上狠命的抽。这时，准是我鬼迷了心，真奇怪，竟一声也不叫了。也许为了那个女的；但也许希望他们抽够了后，会放了我。……可是他妈的他们竟放我到这里来了。——前面写字间笼子里足足耽上了半夜……"

"哼！那你真是个笨贼了。"突然在我们谈话中间，那久久沉默的卖老菱的瓢儿脸，讥讽似的插上一句，且向

他瞥了一眼，接着又自个儿沉住，装做没说过这话似的样子！

"笨贼？——哼！"可是我们的"耶稣"却像伤了他英雄的心似的以极其肉红色的声调咆哮起来。他站起，回瞥了那瓢儿脸一眼，"笨贼！哼！我做贼也做了十来年啦！我撑开过好几个码头，从姜山到宁波，到镇海，现在是在上海。哼，不是我夸口：就说宁波还有那个'马快'不晓得我张阿生。让烧红的铁丝插过屁眼，上过猴子灯，喝过椒汤，还吃过三年牢饭。资格也不算不老啦！你不用说在宁波那桩窃案，不向我头上顶！这么着没法子，一脚撑开码头到镇海。……现在，在上海……唔混了两三年，破案还是第一遭，你能说我笨，哼……"

"不笨！不笨！"我的感情，突然复杂起来。对眼前这个英雄：怜他？恨他？还是可惜他？——然而最后，我对他的感情，却剩出了一块空白。我笑了笑。仿佛对付一匹顽劣的狗子似的，摞着他顺毛，夸着他："我也是宁波人，我就知道你是个宁波的小时迁——天字第一号的窃贼张阿生！"我说着，还抡起一个大拇指向他面前晃了晃。

"真的！你知道我——我是个宁波的小时迁吗？"于是这卑劣的灵魂，在我这回"正名"之下，快乐得发跳了。他跳了跳，挨我坐下，抖动两下胖得发滚的肩膀，用极其低轻的沙声"顺言"下去，"实在呢，这回事情该是我自己昏了头，我跟你说吧！……"

"唔！那么你说呀！"我无意地回着。瞧着阴暗而惨凄的屋顶，仿佛在这屋顶上流走着都市的闹声：人声，叫卖声，电车汽车声，跟那也许是从我家乡流来的，也许夹着我妻子的叹息的风声……

"是呀！我一定得对你说……"他看着我如梦的脸，尽管自己如梦地说下去，"那是我的一家同乡呢，同乡呵，而且还是同村的。他的女儿——嗳，他的女儿哟！……今年有廿三岁啦！真个是个膘又膘、嫩又嫩的——呵哟哟！膘嫩的儿哇……我认得她，我从小就认得她！啊哟哟！膘嫩的儿哇……她要出嫁了，在这个月底竟要出嫁了。家里嫁妆堆得像山那么多——啊哟哟！山那么多，这叫我怎不眼羡？我打听，我打听得昨夜里，她独自个儿守在屋子里……啊哟哟……"

"哎唷！这样说来，你倒还想顺手吃块白漂肉？"突然又有个奇样的声音掺进来。我回头瞧：那卖老菱的脸

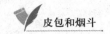

上，现出一丝闪烁的仿佛有些什么希求又有些什么欠缺的微光。于是我拍拍这回像鸭子似的歌唱着"膘嫩的儿哇"的英雄的肩膀说：

"别管他，说你的吧！"

"是呀，说我的——膘嫩的儿哇！一个小姑娘，一睡熟了觉，就像面粉擀在面饼里，贴热烧焦都不管。这可还不都由我。只要我一进门，屋子里就只我是皇帝。还用说那些绸罗绫缎，就是白漂肉，就是那白漂肉——啊哟哟！膘嫩的儿哇！——可是，哪知道：（突然他换了腔调仿佛唱起绍兴戏来了！）我一番心计呀全落空！跑来个同弄的狗杂种。一声哄动呀——四邻坊，缚脚缚手抽得我四肢痛——啊哟哟！这难道也是我命该如此吗？——今年行的是个牢监运……"

这回他的肉红色的声音，仿佛开了裂，在裂缝里流着绿色的苦水。我空白的心，又为他发了一阵冷，禁不住又用手去轻轻地摸一摸他皮上的伤痕。

"到底痛不痛呢？"我还婉委枭问着他。

"什么？痛？——"他从迷失中回醒过来。马上怫然地拂开我的手。他生气了。然而他却用拳头戕贼自己似的打着自己的前肩膀，发出打在棉胎上似的哺呀哺的声

音。在他的拳头起伏之间，又显得那前肩膀十分自在舒
适而又有弹力。"哼！"于是他惶惶然说着，"你就是捶我
一辈子吧，我也不会感到些儿痛的。倒是要耽心的是，
你捶得累死了，我倒还活得挺自在呢！——真的呀！"
他又蹲在我面前，放低声音说，"不过在平时，我做贼
一给捉住，他们总要捶我；而我呢，也总得叫。他们用
'拳头'做动武家伙，我用'叫'做动武家伙。他们捶
一下，我就叫一声，他们捶得越起劲，我也就叫得越起
劲。——这时候，我就像个橡皮叫娃娃，一捏一声叫，
自己也做不得主了。昨晚挨捶我可没叫，那是为的怕在
那个姑娘面前丢丑呀。可是刚才差捕踢我一脚我就叫了
一声，如其他会踢过去，我准也会叫过去！"

"那么，叫喊就是你顶好的战术了。"

"哼！——什么战术不战术，我不懂。我只知道做贼
该挨打，挨打总得叫。这是一二三四五，顺手撑船儿！"

"那么你不做贼，不就不挨打了？"

"什么？"他跳了起来。圆筒似的身子就在湿溜溜的
水门汀上荡，全像水上的浮筒，在浪花里打晃。

"嘻——"但那个卖老菱的却向我射了一眼。我顿时
悟到了自己的话中的破绽。我心里一冷，像受了箭伤。我

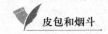

似乎不待他的解答了。然而他打晃了一会，还是说下去。

"那就是你叫我不要活！"他向我抛了一眼，"做贼是我的行当，我也知道这是不正当的行当。但我还得做。我做，我应该挨打；要挨打，我总得叫。要叫——"

"要叫！你就得上西牢！"卖老菱的又尖了他一句，站起来，走向铁栅去了。

"上西牢，哼！没什么！没什么！"

他摇摇头，对我装出个鬼脸，丑恶地一笑，径自胡诌着一套："膘的嫩儿哇……"又在湿溜溜的水门汀上打旋了。

不知怎的，这时，我竟全身发起热来。闷热而潮湿的牢房，益发使我安身不住。我是浸沉于爱憎漩涡里的人。我若不能一辈子热爱这世界，我情愿一辈子憎恨这世界。就让世界摒弃我于世界之外吧。我若不能从人生中喝到蜜糖，我情愿尝着不能下咽的胆汁。即使我断了最后的一口气的时候，我还是要把这未曾喝尽的胆汁伴着气喝下去。因此，我有理由来憎恨：装作白布似的天真，让"社会老人"在那上面泼满污点而又不甘自己毁灭，在"社会老人"回过头去时候，偷偷地伸手到别人身上去摸一把，叫别人染上同样的黑污的人。为了这，我现在要求于自己的是：以更大的勇气与矜持来憎恨我眼里极小的，小得不占位置的一粒沙子。……

日子还是像一条懒蛇，从湿漉漉的草缝中爬了过去。监房里越来越充满了一种脓疮溃烂似的腥气。我足趾间发着钉心熬肺的奇痒。我越搓越感到兴奋，仿佛每支神经末梢，都在向皮肤外放射出来——一种生命的消灭与放射的痛快。然而卖老菱的那个同难者，总怪我不够安定，警告着我，叫我别那么老搓着足趾。有一次，他竟从墙上刮下些石灰，叫我放在足趾间杀痒。这火烧似的剧烈的痛楚，倒使我感到生命升华了的快感。但相反的，我却讨厌这位以作贼为英雄事业的肥猪。他这几天来，竟越来越安耽，越来越高兴了。他整天价拍着简直是显示自己的耻辱的血迹斑斑的衣服，抖着过分剩余的圆筒似的身体，这边那边的不住地踱，仿佛要占领这全个监房，既不停脚也不停嘴，监房中每一块水门汀，每一块墙壁，每一枝铁栅，全都变作他的听众，他就这么的一股正经地说着他光荣的历史，唱着他生命的浩歌。他像要叫世界里一切的人，知道他生活得如何自然而且安适。……没钱的时候，他就在大白天，会窜入别人家里，随便取下衣架上的衣服穿上，拿着案上的钟表

"不应该吗？作践吗？"他站定，展开粗劣的笑容，"唉！你老哥，可又在讲圣书了。是我作践她们吗？还是她们要我作践呢？没人作践她们，她们就活不下去。她们要活，就乐意别人这么作践呀！……我又没赖过她们的账。反正现钱交易，讲明一块是一块，两块是两块，不缺一只角。但干呢，总得让我干过通气。……哈哈哈！老哥！你别掉书袋子。野鸡总归是野鸡，得让人作践，贼总归是贼，也得挨人打，让人拖来坐牢监。这才叫做'人不亏我，我不亏人'！我是从不跟巡捕老爷顶个硬，跟物主喊句冤枉。她们呢，可能向我出钱主喊苦不成？越叫她们受苦，我才越感快乐咧！……"

接着，他就放浪的一笑，尽踱他的去了。我马上变作一块抛在真理的海外的石头，肃然僵住，静默了。卖老菱的那个，这时开始用他那尖锐的眼光，看看我，又看看他。淡然地伸直脖子，往外望去。

这回，被打伤的不是他，而是我。我心里发酸似的在作痛。在这苍茫的世界里，全是些被现实的大石所压碎的溃烂了的灵魂，虽然收拾起那些贝壳似的灵魂的碎皮，也许还可以补缀成一个整的，但我是显得多么无力啊！